영남 알프스
폭포기행

영남 알프스
폭포기행

진희영 지음

갈모산방

지은이 진희영

울산광역시 울주군 두서면 백운산 자락에서 어린 시절을 보냈다. 호기심이 많아 백운산 감태봉 아래 김유신 장군의 기도처인 동굴을 발견하였고, 고헌산 용샘과 우레들, 문복산 드린바위에 얽힌 전설을 수집하면서 수많은 산과 계곡, 폭포를 찾아 다녔다.

잘 알려지지 않은 산과 폭포에 얽힌 전설과 미개척 등산로를 발굴하고 그 이야기를 전해 주는 산악인인 그는 2010년 『울산의 산과 계곡 이야기』를 출간하였고, 2012년부터 영남 알프스와 태화강 백리길 지킴이로 활동하고 있다. 2013년 수많은 계곡 산행을 통해 발굴한 영남 알프스 주변 폭포 이야기를 신문에 소개한 것을 계기로 운문산 음곡폭포, 수리덤계곡 은폭포, 천성산 용소폭포 등 영남 알프스에 흩어져 있는 수많은 폭포에 얽힌 전설과 산행 정보를 실타래처럼 풀어내고 있다.

영남 알프스 폭포 기행

2014년 5월 10일 초판 1쇄 인쇄
2014년 5월 15일 초판 1쇄 발행
지은이 진희영
펴낸이 권오상
펴낸곳 갈모산방
등록 2007년 10월 8일(제396-2007-00107호)
주소 경기도 고양시 일산서구 호수로 896번지 402-1101
전화 031-907-3010
팩스 031-912-3012
이메일 yeonamseoga@naver.com
ISBN 978-89-969524-9-7 03800
값 15,000원

지친 현대인들의 '힐링'을 바라며

참 바쁜 세상이다. 해야 할 일도, 하고 싶은 일도, 배워야 할 것도, 배우고 싶은 것도 많은 세상이다. 잠시만 한눈을 팔아도 따라잡을 수 없을 만큼 빨리 변하는 세상 속에서 뒤처지고 지쳐가는 사람들이 늘어나고 있다.

반세기 전만 해도 자연은 인간에게 삶의 터전이었다. 하지만 지금 우리 곁에는 수많은 건물들만 빼곡히 들어서 있고, 자연은 멀리 있어 시간 내어 찾아가야 할 곳으로 변해버렸다. 인간의 신체는 개선된 것이 없는데, 사람들은 맑은 공기와 마음의 안정을 주던 자연 대신, 매연과 소음, 스트레스에 둘러싸여 심신이 피로를 느끼고 있다. 그래서 지금 시대는 '힐링'이라는 단어가 대세이고, 많은 사람들이 마음의 치유를 원하고 있다.

우리나라도 캠핑 인구 100만 시대에 접어들었다고 한다. 이 시점에 진희영의 『영남 알프스 폭포 기행』 발간은 더욱 뜻 깊고, 반가운 일이라고 할 수 있겠다. 저자는 30년간의 수많은 산행 경험을 통해 2010년에 『울산의 산과 계곡 이야기』를 발간한 바 있으며, 인터넷 카페 '울산의 산과 계곡 이야기' 운영자로 활동하며 울산 근교의 자연에 대해 시민들에게 소개하고 있다.

이런 경험을 바탕으로 이번에는 영남 알프스 주변의 아름다운 폭포를 감상할 수 있는 책을 새로이 발간한다고 하니 내심 기대가 크다. 영남 알프스 주변의 힐링하기 좋은 곳은 어디일까? 저자는 영남 알프스 주변의 폭포를 소개하며, 독자들에게 '힐링'과 건강 에너지를 얻을 수 있는 곳을 안내하고 있다.

'자연과 시간과 인내라는 이 세 가지가 가장 위대한 의사'라는 말이 있다. 정약용은 "걷는 것은 청복(淸福), 맑은 즐거움"이라고 하였으며, 루소는 "나는 걸을 때만 명상에 잠길 수 있다. 걸음을 멈추면 생각도 멈춘다."고 하였다. 이처럼 현대인의 '힐링'을 위해서는 자연을 자주 찾아 그 속에서 명상하며 걷는 것이 중요하다.

"인간은 항상 시간이 모자란다고 불평을 하면서 마치 시간이 무한정 있는 것처럼 행동한다."고 세네카가 말했다. 세네카의 충고를 받아들여 다시 돌아오지 않는 시간, 힘든 인생을 사는 우리의 힐링을 위해서 잠시 시간을 내어 가까운 산에 한 번 다녀오는 것은 어떨까.

이 책이 울산 근교의 아름다운 자연을 널리 알리고, 많은 사람들의 '마음 치유'에 도움이 될 수 있기를 기원한다.

농협중앙회 울산지역본부장

김극상

인간의 가장 큰 희망사항은 건강하게 장수하는 것이다. 그런 희망을 실현하기 위하여 사람들은 부단한 노력을 기울여 왔다. 그 노력의 핵심은 아마도 건강한 생활을 유지하는 일일 것이다. 적절한 영양 섭취와 몸에 맞는 신체활동, 쾌적한 환경이 건강한 생활의 핵심 요소들이다. 그래서 웰빙(well-being)과 힐링(healing)이 이 시대의 트렌드가 되었다.

어떻게 해야 건강해질까? 건강한 에너지를 얻는 것이다. 건강 에너지를 얻을 수 있는 최고의 비결은 숲길과 계곡길을 걸으면서 만나는 폭포(waterfall)의 하얀 물보라라고 한다.

필자는 산과 계곡을 찾는 것이 건강한 에너지를 얻는 길이라 생각하고 30년 전부터 영남 알프스 산자락을 무던히도 밟아 왔다. 그 흔적들을 모아 3년 전 『울산의 산과 계곡 이야기』를 책으로 엮어낸 바 있다. '산소 음이온'은 '공기 비타민'으로 불릴 만큼 사람에게 건강한 에너지를 제공해 준다. 계곡은 산소 음이온이 풍부하고, 흐르는 물소리는 인간의 뇌파를 자극하여 심리적 안정을 시켜 준다. 폭포는 고농도의 산소 음이온이 가장 많이 발생한다고 하여 일명 '폭포수 효과'라고 하는 '레너드 효과(Lenard effect)'가 있다. 동양학자 조용헌 박사는 "절벽에서 떨어지는 하얀 물줄기는 바라만 보아도 심리적 치유가 된다."고 했다.

필자는 근래 7년 동안 영남 알프스 산자락 곳곳에 산재한 폭포를 샅샅이 찾아 다녔다. 건강한 에너지를 얻을 수 있는 최고의 비결이 계곡을 따라가면서 만나는 폭포의 '하얀 물보라'라고 믿었기 때문이다. 이런 탐방 경험을 바탕으로 이번에는 『영남 알프스 폭포 기행』을 펴내게 되었다.

　이 책은 폭포 기행과 산행을 겸할 수 있도록 안내하기 때문에, 영남 알프스 계곡 길 중에서 힐링하기 좋은 코스를 선택하는 데 도움이 될 것이다. 폭포는 물의 낙차가 5미터 이상 되는 곳만 선정하였다. 작고 아름다운 폭포도 많았지만 이 책에 다 실을 수 없었다. 울산뿐만 아니라 밀양, 청도, 양산 등의 계곡을 찾아다니며 보고 느낀 것을 담았다. 학심이계곡, 심심이계곡, 천문지골, 쇠점골, 표충사계곡, 개살피계곡 등 천혜의 비경을 담으려 노력했고, 폭포에 대해 전해져 오는 이야기도 놓치지 않고 실었다. 무명 폭포를 찾아다니면서 그곳에 살고 있는 사람들과 나누었던 이야깃거리와 탐방하면서 경험한 일, 길 위에서 만난 사람들의 이야기도 담았다.

　책이 나오기까지 도움을 준 많은 분들께 고마움을 표한다. 먼저 주말이면 계곡과 폭포를 찾아 떠나는 가장을 이해해 준 가족들이 고맙다. 빙벽 등반 산행과 사진 촬영에 도움을 준 악우 장은익, 이대원, 이덕걸, 김우정, 다음 카페 '울산의 산과 계곡 이야기' 회원들, 영남 알프스 천화(穿火) 배성동 이사장과 지도를 그려 준 엄성미 작가, 좋은 책을 만들기 위해 애써 준 '갈모산방'에도 감사의 말씀을 드린다.

　더 많은 사람들이 폭포 기행과 산행을 통하여 건강 수명이 길어지기를 소망한다. 또한 이 책이 웰빙을 추구하고 힐링을 바라는 사람들에게 길라잡이 역할과 건강 100세를 누리는 데 티끌만한 도움이라도 되면 좋겠다는 바람도 담는다. 나름대로 정성을 기울였지만 부족한 부분도 있을 것이다. 필자는 미흡한 점을 보완하기 위해서 앞으로도 꾸준히 영남 알프스 산자락을 찾아 나설 것이다.

2014년 봄

진희영

◆ 차례

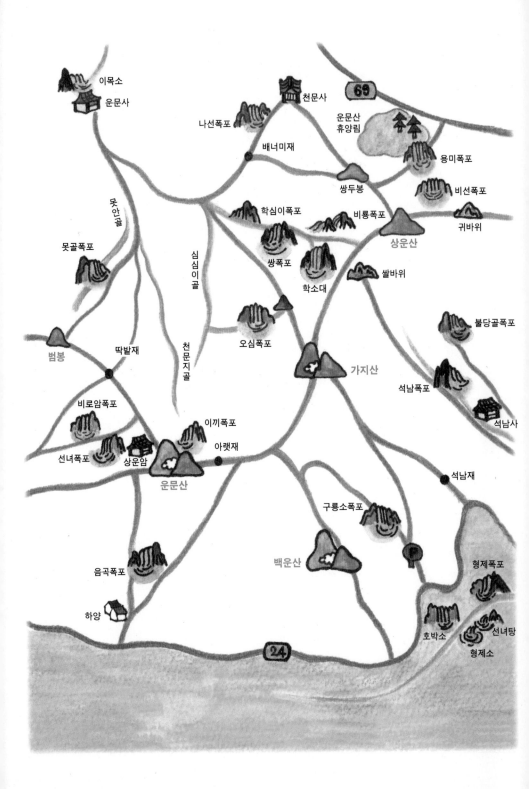

학소대폭포 鶴巢臺瀑布

위치: 경상북도 청도군 운문면 학심이계곡 우골(가지산 서북릉 6부 부근)
크기: 높이 약 25m, 소(沼)의 둘레 약 50m, 소의 깊이 약 4m

학심이골은 영남 알프스 수많은 골짜기 중에서 북알프스에 해당하는 골짜기로 골이 깊기로 유명하다. 학심이골은 '학이 노닐던 깊은 골짜기'란 의미로 예로부터 산세가 수려하고 청정한 지역으로 알려져 있다. 학심이골은 자연의 신비를 간직한 학소대(鶴巢臺)폭포를 비롯해 크고 작은 폭포는 물론 아담한 소와 담이 서로 어우러져 아름다운 풍경을 담고 있다.

학소대폭포는 3단 형태의 폭포로 항상 수량이 많은 편이다. 가지산 서북릉에서 발원한 물줄기가 25m 높이 암반을 타고 내리는데, 물 떨어지는 소리가 웅장하면서도 장엄하다. 소의 크기는 10여 평, 깊이는 약 4m 정도로 한여름에도 한기를 느낄 만큼 물이 차가우며, 아직까지 천혜의 비경을 그대로 간직하고 있다.

학소대폭포는 사람을 끌어당기는 매력이 있다. 그 옛날 폭포를 중심으로 많은 학들이 날아온 것처럼 인적이 드문 엄동설한(嚴冬雪寒)에도 사람들이 끊임없이 찾아오니 말이다. 서울, 부산, 대구에서 온 등산객들은 이구동성으로 "학소대폭포를 여러 번 찾아 왔지만 항상 신비로움에 매료되어 발길이 떨어지지 않는다."고 아쉬움을 토로한다. 특히 여름철에 온 등산객은 소에 발을 담갔다 빼며, "아무리 천하장사라도 3분을 버틸 수 없을 거다."라고 호들갑을 떤다.

학소대폭포에서 우측을 보면 바위에 음각된 '학소대(鶴巢臺)'란 글자가

학소대폭포

보인다. 옛날 선인들이 폭포를 중심으로 많은 학들이 모여 사는 것을 보고 그렇게 불렀다고 한다.

학소대(鶴巢臺)   진희영

구름도 멈추고, 바람도 비켜가는 운문령
고갯길 돌고 돌아 삼계리로 내려서면
남쪽은 배너미골 북쪽은 개살피계곡
가지산 쌀바위는 배낭 멘 사나이들의 벗이 되고
좋은 길 마다하고 북릉길 접어드니
심산유곡 깊은 골에 학소대를 찾았네.

바위틈에 걸터앉아 학소대를 바라보니
이끼 낀 바위 물은 삼천 척을 떨쳐내고
오색물결 폭포수는 은하수를 드리는데

신비 담은 학심이골, 길 잃은 심심이골
사리암의 염불소리 천문지골을 깨울 때면
지룡산 나선폭포 무지개를 빚어내네.

천년세월 노거송은 운문사를 움켜 안고
박사꼬깔 하얀 머리 스님들의 예불소리
북대암 산신각은 중생들의 기도도량

달빛어린 이목소(離目沼)에 용왕님의 애정 담아
흰구름 떠도는 바람 부는 날이면
계곡 따라 물길 따라 사랑 실은 학소대여!

학소대에서 시(詩) 한 수를 읊어본 뒤 폭포 위로 올라가면 쌀바위에서

학소대 빙폭

가지산으로 향하는 중간 기점인 쉼터에 도착할 수 있다.

　비룡폭포(일명 학소대 1폭포)를 감상하려면 갔던 길을 되돌아 나와야 한다. 학심이골을 따라 계속해서 산행을 하려면 1시간 이상 계곡 산행을 감안해야 한다. 계곡을 타고 물을 건너 오르다 보면 운문령과 이어지는 전망대(쌀바위와 상운산 중간기점)에 도착하게 된다. 여기서 운문령까지는 1시간 이상 소요된다.

학심이골로 내려서는 하
산로는 경사가 심하여 상당
한 주의를 요한다. 운문사 사
리암 주차장까지는 1시간
30분, 배너미재까지는 1시
간 정도 걸어 나와야 한다.

학심이계곡과 심심이계곡은 2014
년부터 대구 환경청에서 '운문산
상태 환경보존지역'으로 지정하여
출입을 통제한다. 학소대까지 산
행을 하려면 인터넷으로 회원권을
발급받아 단체산행을 해야 한다

학소대폭포-가을

▲ 찾아가는 길

| 승용차 |

• 삼계리-배너미재 – 학심이골 – 학심이/심심이골합수점 – 학심이골 – 학소대폭포
• 언양 – 석남사 – 남명리(삼양리) – 아랫재 – 심심이골 – 학심이/심심이합수점 – 학심이골 – 학소대폭포
• 운문사 – 사리암주차장 – 학심이/심심이합수점 – 학심이골 – 학소대폭포

| 시외버스 |

• 언양 – 궁근정 – 운문령 – 삼계리 – 삼계2리에서 하차 – 천문사 – 나선폭포 – 배너미재 – 합수지
점 – 학심이골 들머리 – 학소대폭포
• 언양 – 석남사 – 남명리(삼양리 –)아랫재 – 심심이골 – 학심이/심심이합수점 – 학심이골 – 학소대
폭포
• 언양에서 청도, 밀양행 시외버스를 이용한다.

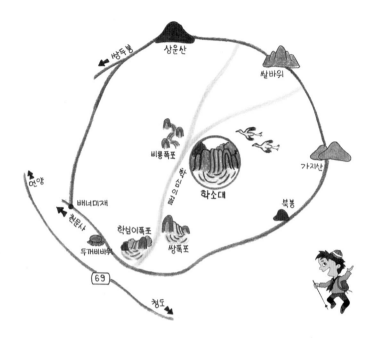

| 산행코스 |

• 석남사 – 석남터널 – 중앙마을(3.91km-1시간 30분) – 아랫재(3.0km-40분) – 합수점(2.7km-1시
  간) – 학소대(4.2km-1시간 40분) – 쌀바위 중간기점(1.7km-40분) – 운문령으로 이어지는 코스로
  5시간 30여 분이 소요된다.

▲ 주변 먹을거리와 숙박 안내

• 청도별장가든: 054-372-1217   • 칠성슈퍼: 054-371-5287
• 물레방아가든: 054-372-0885, 대표 HP: 010-3804-0453 | 오리불고기, 닭백숙, 메기매운
  탕, 산채비빔밥, 해물파전, 동동주 등

비룡폭포 飛龍瀑布

위치: 경상북도 청도군 운문면 학심이계곡 좌골
크기: 높이 약 30m , 소(沼)의 둘레 약 10m

가지산 서북릉 쌀바위 부근에서 발원한 물줄기가 학심이골로 흘러들어 비룡폭포(飛龍瀑布)를 일으킨다. 이 물줄기가 운문천을 돌아 운문댐에 이르는 모습은 마치 용이 꿈틀거리며 승천하는 것처럼 보인다. 폭포 중간에 파여 있는 소는 석수장이가 만들어 놓은 선녀의 목욕탕 같기도 하고, 학심이골에 둥지를 치며 살았던 학(鶴)들의 놀이터 같기도 하다.

비룡폭포는 1폭포와 2폭포로 구분할 수 있는데, 1폭포는 학소대폭포로 올라가는 들머리에 위치해서 접근하 기가 쉬운 편이다. 그러나 2폭포는 접근하기가 어려울 뿐만 아니라 1폭포보다 높은 곳에 위치해 있기 때문에 여름철에는 그 모습을 좀처럼 드러내지 않는다. 굳이 2폭포 가까이 가려면, 폭포 위 쌀바위로 올라가는 나무다리에서 아래로 내려가면 된다.

2폭포 모습은 1폭포와 흡사하다. 수천수만 년 세월을 견뎌낸 반석과 세차게 흐르는 물줄기! 그 모습이 좀처럼 속내를 드러내지 않은 은둔의 수도자를 닮았다. 세상을 등지고 오직 자신의 수도에만 정진하는 고고한 모습에 괜스레 숙연해진다.

비룡폭포 앞에 서니 세찬 물줄기가 나에게 말을 거는 듯하다. 세속에 시달리며 하루하루를 살아가는 나에게 일상의 고뇌를 물처럼 유연하게 흘려보내라 한다. 자연의 섭리에 순응하며 자신을 뒤돌아보라 한다.

하단에서 바라본 비룡 1폭포

소를 바라보며 바위틈에 걸터앉아 시 한 수를 읊어본다.

왜 산에 가느냐고   진희영

말 많은 길 버리고 이정표도 뒤로 하고
계곡을 건너뛰면 덩달아 나는 새들

온 몸에 돋는 초록잎 바람소리 머금는다
바위에 걸터앉아 산봉우리 바라보면
산빛 닮은 사람들 하나둘 꽃이 되고
억새도 제 가슴 열어 푸른 길로 눕는다

누구냐 살며시
내 어깨 감싸 안는 허공
달 하나 띄워 올리면
내 이름도 이제 산
나도 덩달아 가볍다.

비룡폭포를 좌측에 두고 짧은 밧줄 구간을 오르면 길이 좌우로 갈라진
다. 왼쪽 길로 오르면 가지산 쌀바위와 상운산 사이 임도와 연결되고, 오른

상단에서 바라본 비룡 2폭포

비룡폭포- 봄

비룡폭포-빙폭

쪽 길을 따라 올라가면 학소대와 학
소대폭포를 만날 수 있다.

비룡폭포에서 학심이골을 따라
계속 오르면 쌀바위와 이어지는 등
산로와 만난다.(1시간 30분 정도 소요)
학심이골(학심이좌골)은 아직 일반인
들에게 잘 알려지지 않은 곳이라 사
람의 발길이 뜸하다. 원시림 그대로
의 모습을 잘 간직한 청정지역으로,
계곡길을 따라 오르다보면 군데군
데 어우러지는 소와 담은 탄성을 자
아내기에 충분하다.

비룡폭포 위 무명폭포

▲ 찾아가는 길

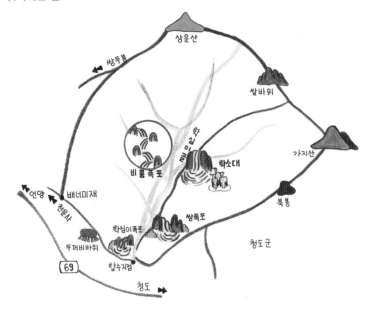

| 승용차 |

• 삼계리 – 배너미재 – 학심이골 – 학심이/심심이골합수점 – 학심이골 – 비룡폭포
• 남명리(삼양리) – 아랫재 – 심심이골 – 학심이/심심이합수점 – 학심이골 – 비룡폭포
• 운문사 – 사리암주차장 – 학심이/심심이합수점 – 학심이골 – 비룡폭포

| 시외버스 |

• 언양 – 궁근정 – 운문령 – 삼계리 – 삼계2리에서 하차 – 천문사 – 나선폭포 – 배너미재 – 합수지점
  – 학심이골 들머리 – 비룡폭포
• 언양 – 석남사 – 남명리(삼양리) – 아랫재 – 심심이골 – 학심이/심심이합수점 – 학심이골 – 비룡폭포
• 언양에서 청도, 밀양행 시외버스를 이용한다.

▲ 주변 먹을거리와 숙박 안내

• 청도별장가든: 054-372-1217 • 칠성슈퍼: 054-371-5287
• 물레방아가든: 054-372-0885, 대표 HP: 010-3804-0453 | 오리불고기, 닭백숙, 메기매운
  탕, 산채비빔밥, 해물파전, 동동주 등

학심이골 쌍폭포_{雙瀑布}

위치: 경상북도 청도군 운문면 학심이골
크기: 높이 약 20m , 소(沼)의 둘레 약 50m

가지산 서북릉 쌀바위 부근에서 발원한 물줄기와 가지산 북릉에서 발원한 물줄기가 모여 우렁찬 물소리를 내며 쌍폭포(雙瀑布)를 지나 산 아래로 흘러간다.

학심이골 쌍폭포

학심이골 쌍폭포는 고헌산 홈도골의 홈도폭포와 함께 영남 알프스를 대표하는 쌍폭포이다. 쌍폭포는 학심이골 하단에 위치해 있으며, 좌우가 대칭되는 폭포인데 좌측 경관이 더욱 뛰어나다.

쌍폭포를 찾아 올라가다 작은 쌍폭포가 있어 사진에 담아본 뒤 계곡을 따라 올라간다. 작은 쌍폭포에서 출발한 지 20여 분! 굉음을 울리는 우렁찬 물줄기가 집채만 한 바위 사이로 흘러내리고 있다. 조심해서 가까이 다가가 보면 말로 표현할 수 없을 정도로 웅장한 두 줄기의 물줄기가 바위를 타고 아래로 내리 꽂힌다. 주위 풍경을 압도하는 모습이다. 물줄기 길이는 20m 이상이다.

폭포 아래 소를 감상하기 위해 비탈진 면을 가로질러 조심스럽게 내려가 본다. 소의 둘레는 대략 50m 이상 돼 보이고, 깊은 곳의 깊이는 2m가 넘어 보인다. 폭포 주위 빼어난 풍광은 학심이골 어느 폭포와 비교해도 손색이 없을 정도다. 검푸른 암벽들이 우뚝 서 있는 협곡은 학이 모여들

쌍폭포 좌측폭포   쌍폭포 우측폭포

쌍폭포 옆 낭떠러지-빙벽

만하다. 내려갔던 바위 암반을 다시
올라가기 위해서는 다시 비탈진 면을
가로질러야 한다.

　폭포를 거슬러 올라가다 보면 잇달
아 나타나는 작은 소와 담은 등산객들
의 발길을 잠시 묶어 놓는다. 벼랑 끝
에 지탱하여 온갖 풍파를 견디며 살아
가는 한 그루 낙락장송, 부처손 등 이
모두가 학심이골의 비경이다. 이런 저

쌍폭포 아래 또 다른 쌍폭포

런 생각을 머릿속에 떠올리며 가는 길을 재촉해 본다.

　쌍폭포에서 비룡폭포 합수 지점까지는 고만고만한 길이 이어진다. 최
근 새로 조성된 등산로가 만들어져서 30여 분이면 도착할 수 있다.

▲ 찾아가는 길

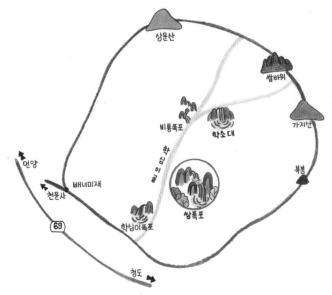

| 승용차 |

• 삼계리 - 배너미재 - 학심이골 - 학심이/심심이골 합수점 - 학심이골 - 쌍폭포

| 시외버스 |

• 언양 - 궁근정 - 운문령 - 삼계리 - 삼계2리에서 하차 - 천문사 - 나선폭포 - 배너미재 - 합수지점
  - 학심이골 들머리 - 쌍폭포

▲ 주변 먹을거리와 숙박 안내

• 청도별장가든: 054-372-1217 • 칠성슈퍼: 054-371-5287
• 물레방아가든: 054-372-0885, 대표 HP: 010-3804-0453 | 오리불고기, 닭백숙, 메기매운
  탕, 산채비빔밥, 해물파전, 동동주 등
• 가지산 탄산유황온천: 052-254-2216 | 울산광역시 울주군 상북면 덕현리
• 숙박 | • 운문산 자연휴양림: 054-371-1323 • 석남사산장 : 052-264-5300

▲ 가지산

학심이폭포 鶴深離瀑布

위치: 경상북도 청도군 운문면 학심이골
크기: 높이 약 10m , 소(沼)의 둘레 약 30m

경북 청도와 울산 울주, 경남 밀양 경계에 있는 가지산(加智山−1241m)은 영남 알프스 중 가장 높으며 산세가 깊다. 기운찬 산줄기가 꿈틀거리며 산 아래로 내려가는 모습은 용에 견줄 만하다. 용이 지나간 듯한 자리에는

학심이폭포

깊디깊은 골짜기가 파였다. 가지산과 상운산(해발 1117m) 사이에 깊이 파인 학심이골도 그 중 한 골짜기다.

학심이골은 학이 날아와 새끼를 치고 서식하던 골짜기였다. 이곳은 학이 살던 곳답게 오묘하고 신령스러운 곳이다. 골짜기를 거슬러 올라가면 거대한 바윗덩어리가 나타나고, 거센 물줄기가 바위를 휘감으며 흘러간다. 물은 소에 머물다 담이 되어 어우러지고 폭포가 되어 흘러내린다. 자신의 모습을 고집하지 않고 자연의 순리대로 머물다 가는 그 모습이 사람을 겸손하게 만든다.

학심이골의 아름다움에 취해 올라가다보면 학심이폭포(鶴深離瀑布)를 만날 수 있다. 학심이폭포는 학심이골 들머리에서 학소대 방향으로 30여 분 거리에 위치해 있다. 쌍폭포, 비룡폭포, 학소대폭포 중 제일 아래 지점이라 접근하기 좋고, 높이나 소, 규모 면에서 다른 어느 폭포와 비교하더라도 손색이 없다.

학심이폭포는 2단 형태의 와폭과 직폭으로 양 옆으로 전형적인 암벽이 형성되어 있고 수량(水量)이 풍부하다. 벼랑 위에 자라는 낙락장송, 거대한 바위를 가르며 흐르는 물, 숲에서 들려오는 새소리, 푸르다 못해 소름이 끼칠 정도로 새파란 소. 이 평화로운 풍경에 새는 잠시 날개를 접고 사람들은 배낭을 내려놓는다.

이 아름다운 폭포는 학소대폭포의 명성에 가려 무명폭포라 불리는 서러움을 겪고 있다. 쌍폭포와 가까이 있다 하여 제1쌍폭포라 부르기도 한다. 하지만 높이가 5m 이상 되는 폭포를 무명폭포라 부르기에는 아쉬움이 남아 여러 경로로 탐문해 보았다. 그 결과 삼계리에 살았던 한 노인의 말에 귀를 기울이게 되었다. 노인은 젊은 시절, 학심이골로 산판(나무를 찍어내는 일)하러 다니면서 같이 일하던 사람들과 같이 이 폭포에서 목욕을 하며 더위를 식혔다고 한다. 이들은 이 폭포를 학심이골에 있다 하여 학

학심이폭포 – 겨울 빙폭

심이폭포라 불렀다 한다. 노인은 '쌍폭포와는 거리가 제법 멀 뿐만 아니라 형상을 보아도 쌍폭포는 아니다'라며 제1쌍폭포라 불러서는 안 된다고 했다.

필자는 약초를 캐는 이 노인과 마을 어르신들의 이야기를 듣고 학심이골 폭포 이름을 제대로 불러 주어야 한다는 생각이 들었다. 학심이골을 올라가며 첫 번째로 만나는 폭포를 학심이폭포, 두 번째로 만나는 폭포를 쌍폭포, 세 번째로 만나는 폭포를 비룡폭포(학소대 1폭포), 네 번째로 만나는 폭포를 학소대폭포(학소대 2폭포)로 부르면 좋겠다.

학심이폭포에서 쌍폭포까지는 20여 분 물길을 거슬러 올라가야 한다. 계곡을 따라 물길 산행을 이어가려면 릿지화를 신기를 바란다. 물이끼 때문에 미끄러질 수 있기 때문이다.

원시림 속을 걷는 듯한 착각에 빠져 학심이골을 오르다보면 가지산과 운문산을 잇는 능선 위로 올라선다. 오른쪽 능선을 타고 가면 쌀바위를 만나게 되고 가지산 정상을 밟을 수 있다.

▲ 찾아가는 길

| 승용차 |
• 삼계리 – 천문사 – 배너미재 – 학심이골 – 학심이 합수점 – 학심이골 – 학심이폭포

| 시외버스 |
• 언양 – 궁근정 운문령 삼계리 – 삼계2리에서 하차 – 천문사 – 나선폭포 – 배너미재 – 합수지점 – 학심이골 들머리 – 학심이폭포

학심이폭포 들머리 합수점의 경관

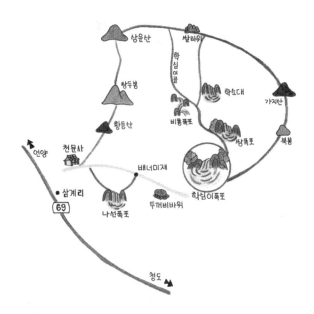

▲ 주변 먹을거리와 숙박 안내

• 청도별장가든: 054-372-1217 • 칠성슈퍼: 054-371-5287
• 물레방아가든: 054-372-0885, 대표 HP: 010-3804-0453 | 오리불고기, 닭백숙, 메기매운
  탕, 산채비빔밥, 해물파전, 동동주 등
• 운문령 쉼터 :054-371-1966 | 주요메뉴: 잔치국수, 파전, 동동주, 묵채, 손수제비 등

오심폭포 伍深瀑布

위치: 경상북도 청도군 운문면 가지산 남·서능 오심골 상류
크기: 높이 약 35m, 소(沼)의 둘레: 약 10m

가지산에서 발원한 물줄기가 오심이골로 흘러들면서 크고 작은 폭포와 더불어 이 골짜기의 백미라 할 수 있는 높이 30여 미터의 오심폭포를 만들어낸다.

오심(伍深)폭포라는 이름에 대해서는 뚜렷한 전설과 이야깃거리가 없으며, 어느 산악회에서 개척 산행을 하면서 이름 지은 것으로 전해진다. 학심이골, 심심이골, 복숭아골, 살구나무골! 옛사람이 부르던 가지산 서북릉 골짜기 이름들은 더없이 정겨운데, 오심폭포는 제 이름을 찾지 못한 채 쓸쓸히 물을 떨구고 있으니 안타까울 뿐이다. 오래 전 이곳을 찾은 선답자(80세 이상 노인들)에게 옛 이름을 듣게 되면 다정하게 그 이름을 불러주고 싶다.

산행에서 들머리는 아주 중요하다. 이번 심심이계곡(오심골) 오심폭포도 예외는 아니다. 필자는 수없이 학심이골, 북릉길, 심심이골, 복숭아골, 살구나무골을 다녔다. 그러나 여름철 비가 온 심심이골 등산로(登山路)는 일상의 모습과는 확연히 달라져 들머리를 찾기 어렵다. 곳곳에서 지류(支流)가 흘러내리면서 계곡 전체가 골짜기로 변해 길 자체가 없어져 버리기 때문이다. 계곡 옆길 흔적을 더듬어 상류로 올라가면, 연거푸 뿜어져 나오는 계곡 물이 예사롭지 않아 저절로 감탄사가 흘러나온다. 그러나 자칫하면 다칠 수 있고 길을 잃고 헤맬 수 있기에 들머리를 잘 찾아 산행해야 한다.

오심폭포

　오심골 들머리는 서북릉 들머리와 같은 곳에서 시작된다. 가지산 정상
에서 남서쪽으로 보면 북릉 좌측 계곡이 보이는데 이곳이 오심골이다. 오
심폭포는 한 줄기의 물줄기가 둘 줄기되어 흐르다가 다시 한 줄기로 합수
되어 흐른다. 직폭과 와폭을 겸한 폭포는 여름철에는 시원한 물줄기를 뿜
어내지만 겨울에는 초라한 모습을 연상하리만큼이나 건폭에 가까운 폭포
다. 그러나 산꾼들은 이 오심폭포를 잊지 못하고 찾아가는 이유는 무엇일
까? 아마도 이 폭포만이 가진 마력 때문일 것이다.

오심폭포 이른 봄 풍경

오심폭포까지(해발 700m)는 그런대
로 길이 나 있으나 폭포를 지난 뒤로는
계곡을 따라가야 한다. 중간 중간에
선답자들의 시그널 표시가 있긴 하지
만, 오심골 발원지를 본다는 생각으로
바위를 타고, 때론 우회를 하면서 오
르다보면 사진에서 보는 것처럼 보기
좋은 실폭포를 만날 수 있다. 폭포 높
이는 약 4m 정도이고 물줄기가 두 가

심심이계곡 오심폭포 들머리(필자)

오심골 최상단 이끼폭포

닥으로 나뉘어 흐른다.

여기에서 10여 분 정도 오르면 산죽 군락지가 나타나고, 가지산 정상 대피소에서 물을 끌어가는 펌프, 물탱크를 볼 수 있다. 이곳에서 20여 분 더 올라가면 가지산 헬기장에 도착하게 된다. 헬기장에서 가지산 정상까지는 5분여 거리에 있다.

하산길은 정상에서 여러 곳으로 열려 있다. 많은 사람들이 주로 석남터널 방향이나 쌀바위 방향으로 하산을 하는데, 쌀바위 방향으로 하산하는 길은 석남사계곡 등산로를 참조하기 바란다. 석남터널 방향으로 하산하는 길은 석남사계곡과 언양 시가지를 관망할 수 있는 코스로 경치가 좋으며 완만하다. 석남터널 주차장까지는 1시간 정도 소요된다. 터널 주변에는 하산 후 뒤풀이를 할 수 있는 상점들이 즐비하게 성업 중이다.

가지산(迦智山)   진희영

영남 알프스 주봉(主峯) 가지산을 아시나요
동해의 햇살 받아 장엄한 일출 향연이 펼쳐지는
오케스트라의 연주처럼 철 따라 변하는 산

유서 깊은 석남사 부처님 알현하고, 조물주의 창조로
호박소 만들고, 학소대를 빚었으니
용(龍)이 승천한 용수골, 노승이 길을 잃은 심심이골

형제소의 애틋함이 쇠점골로 이어질 때
선녀폭포, 오천평반석 달그림자 드리울 때면
구연교 이목도사 큰절하고 돌아보니

가지산 주봉에서 뻗어 나온 지맥(地脈)들이
신비한 봉우리를 만드니 신불산, 간월산, 영취산이 그것이요
석남천 맑은 물 또한 그것이로다.

석남재 짧은 암릉 아쉬움을 달래려고
입석대(立石臺) 높은 벽에 그 뜻을 새기려다
새벽 닭 울음소리에 발길을 돌렸는데

얼음골 청룡대에 동녘 햇살 비출 때면
산 사나이들 농담소리 구수하게 들려오고
바람 부는 능동산에서 가지산을 바라본다.

▲ 찾아가는 길

| 승용차 |
• 언양 – 석남사 – 남명리(중앙)에 주차 – 아랫재 – 참샘 – 서ㆍ북릉 들머리 – 오심폭포 – 헬기장 – 가지산 – 석남고개(터널)

| 시외버스 |
• 언양 – 상북면사무소 – 석남사(버스주차장) – 밀양 남명리 – 아랫재 – 참샘 – 서ㆍ북릉 들머리 – 오심폭포 – 헬기장 – 가지산 – 석남고개(터널)
• 석남사에서 8:30 밀양행 밀성여객을 타고 삼양슈퍼 앞에서 하차한다.(삼양슈퍼 옆길에서 아랫재로 간다.)
• 중앙(09:30) – 아랫재(10:50) – 서북릉 들머리(11:20) – 오심폭포(12:20) – 헬기장(13:30) – 가지산(13:40) – 석남터널(14:40)로 이어지는 코스로 5시간 30분 정도 걸린다.

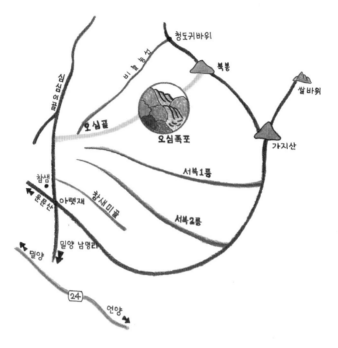

| 시내버스 노선(울산) | 교통정보는 계절별로 변동사항이 발생할 수 있다.

버스번호	기점	경유지	종점
1713번	삼산	석남사-언양터미널-공업탑-시외터미널-태화강역	태화강역
807번	KTX울산역	석남사-언양-울산역-구영리-시외버스터미널-태화강역	태화강역

경유지	시간	출발지
언양에서 산내	10:50, 18:10(소요시간 1시간)	언양시외버스터미널
산내에서 언양	8:40, 17:05	경주시내버스(355번)

석남사 - 밀양 8:30, 9:30, 11:00, 12:20, 13:20, 14:20, 16:00, 17:40, 18:20, 19:20 (1시간 간격)

▲ 주변 먹을거리와 숙박 안내

· 석남터널휴게소(석남터널 입구): 포항상회 052-254-0801 | 파전 ,동동주, 도토리묵 등 | 각종 산나물, 약초 판매
· 석남사 입구: 시인과 촌장: 052-264-4707 | 비빔밥, 항아리수제비, 전통차, 장떡, 민속주
· 가지산 탄산유황온천: 052-254-2216 | 울산광역시 울주군 상북면 덕현리
· 숙박 | · 운문산 자연휴양림: 054-371-1323 · 석남사산장: 052-264-5300

석남폭포 石南瀑布(일명: 홍류폭포)

위치: 울산광역시 울주군 상북면 석남사 홍류계곡(석남사 위 100m 부근)
크기: 높이 약 5m, 소(沼)의 둘레 약 10m

가지산은 1979년 가지산 도립공원으로 지정되었다. 해발 1,241m로 영남 알프스 여러 봉우리 중 가장 높고 산세가 뛰어나다. 능선, 골짜기, 바위마다 수많은 전설이 전해져 내려오는 신비로운 곳이기도 하다. 동쪽으로 석남사(石南寺) 계곡, 서북쪽으로 학심이계곡을 품고 있다. 또한 동쪽 산기슭에는 신라 헌덕왕 16년(884년)에 도의국사가 창건하였다는 석남사가 자리 잡고 있다. 이곳은 비구니 스님들이 수도하는 유서 깊은 도량으로 도의국사 부도(보물 369호), 3층석가사리탑, 3층석탑, 석남사 수조 등의 유

석남사 계곡 들머리

석남폭포

물이 보존되어 있다.

　가지산에 자리잡은 석남사 계곡은 출입이 통제된 미답지역이다. 약 15
년 전에는 출입 통제가 없었으나 석남사 스님들이 이 계곡물을 식수로 사
용하면서부터 개울 입구에 철조망을 설치하고 출입을 통제하고 있다. 지
금은 계곡 대부분이 석남사 소유가 되었기 때문에 석남폭포를 구경하려
면 석남사 측의 양해를 구하거나 살티마을에서 석남사 주계곡 방향으로
계곡 등반을 해야 한다.

　석남폭포는 높이가 약 5m 정도로 마치 파래소폭포의 축소판이라 할
수 있다. 여름철에는 울창한 숲들이 폭포 주변을 감싸 주고, 가을철에는
곱디고운 단풍이 어우러져 선계에서 말하는 몽유도원(夢遊桃源)[1]이 바로

1) 복숭아 동산(도원)에서 노니는 꿈

이곳이구나 하는 생각을 갖게 된다.

석남폭포를 구경한 뒤돌아나오기가 아쉽다면 계곡을 따라 산행을 하는 것도 괜찮다. 석남사 계곡은 길이가 6km로, 위로 올라갈수록 크고 작은 폭포, 소와 담이 아름다워 계곡 산행의 묘미를 즐길 수 있는 곳이다. 계곡을 타고, 물을 건너고, 어려운 길을 우회해 오르다보면 '가지산이 신비한 보물을 이곳에 감춰 두었구나!'란 감탄사가 절로 나온다. 계곡은 발 딛는 곳마다 절경이라 카메라 셔터를 계속 누를 수밖에 없다.

석남사 계곡을 따라 한참을 오르다보면 이름 없는 거대한 폭포가 왼쪽과 오른쪽에 죽 늘어서 있다. 석남사 뒤편 계곡(약 900m)에서 종종 볼 수 있는 풍광으로 접근하기가 상당히 어렵다. 수많은 난관을 헤치고 산 사

◆ 쌀바위 '미암(米巖)'의 전설

옛날 쌀바위 아래에서 한 스님이 수도를 하고 있었다. 스님은 먹을 양식을 산 아래 마을에서 탁발(시주)했는데, 수도에 정진하다보니 늘 마을에 내려가는 시간을 아까워했다. 그런데 어느 날, 스님이 새벽기도를 하러 갔다가 바위틈에서 이상한 것을 발견하였다. 거기에는 한 끼니의 하얀 쌀이 있었던 것이다. 스님은 한편으로 이상하게 여기며 그 쌀로 밥을 지어 부처님께 공양하고 자신도 먹었다. 더더욱 이상한 것은 쌀은 그 다음날도 계속하여 같은 자리에 같은 양만큼 놓여 있었다. 그제서야 스님은 자기의 지극정성을 가상히 여긴 부처님께서 탁발을 면하게 해주신 것이라 생각하며 더욱더 수도에 정진하였다.

쌀바위

쌀바위 전설 안내문

그러던 어느 해 마을에 큰 흉년이 들었다. 마을사람들은 동네로 시주를 오지 않는 스님을 이상히 여겨 수도하는 스님을 찾았고, 이때 스님이 바위에서 쌀이 나온다는 이야기를 했다. 이 이야기를 들은 마을사람들은 스님의 만류에도 불구하고 쌀을 얻고자 바위틈을 쑤셨다. 하지만 바위틈에서는 더 이상 쌀은 나오지 않았고 마른하늘에 천둥 번개가 치면서 물줄기만 뚝뚝 떨어졌다. 그제서야 사람들은 크게 뉘우치고 부처님께 사죄하였지만 쌀은 온데간데없고, 그 이후로는 바위틈에서 물만 흘러 나와 사람들은 이때부터 이 바위를 쌀바위라 부르고 있다. (쌀바위 전설 안내문 참조)

면을 트래버스[2]로 접근하지 않고는 산행이 불가능할 정도이다.

가지산 정상

이곳을 지나 30여 분 힘겹게 오르다보면 가지산 안부(해발 1110m) 부근에 도착하게 되는데, 여기에서 정상까지는 10여 분 정도 걸어야 한다.

가지산 정상에서 하산하는 길은 여러 곳으로 열려 있다. 석남터널 방향이나 운문령으로 향하는 코스가 대표적인 길이다.

가지산 정상에서 쌀바위까지 약 30여 분이 소요되는데, 시간적인 여유가 있다면 둘러보길 권한다. 쌀바위 샘터는 산꾼들에게 오아시스 같은 곳으로 전설처럼 1년 내내 물이 흘러나오는 곳이다. 쌀바위 샘터에서 물을 마시고 산을 내려가면 가슴 속에 쌓였던 스트레스가 홀홀 날아갈 것이다.

▲ 찾아가는 길

| 승용차 |
• 언양 – 석남사 – 석남사매표소 – 석남사 계곡 들머리 – 석남폭포
  석남사 옆 주차장 주차: 1일 주차비 – 2,000원

| 시외버스 |
• 언양 – 상북면사무소 – 석남사매표소 – 석남사 계곡 들머리 – 석남폭포
• 언양에서 석남사 방향 24번 국도를 따라 밀양(석남사) 방향으로 간다. 석남사 주차장에서 하차하면 가지산 석남사라는 간판이 보인다.

2) 등산이나 스키에서, 비탈진 면을 가로질러 오르거나 내림

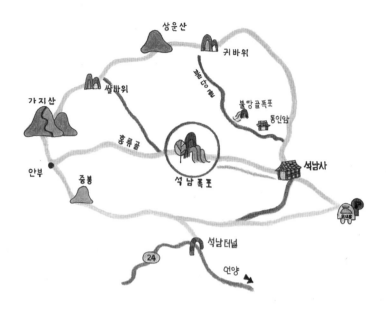

▲ 주변 먹을거리와 숙박 안내

• 석남사 입구: 시인과 촌장 | 052-264-4707 | 비빔밥, 항아리수제비, 전통차, 장떡, 민속주
• 가지산 탄산유황온천: 052-254-2216 | 울산광역시 울주군 상북면 덕현리
• 숙박 | • 운문산 자연휴양림: 054-371-1323 • 석남사산장: 052-264-5300

불당골폭포

위치: 울산광역시 울주군 상북면 덕현리(불당골)
크기: 높이 약 110m , 너비 25m, 소(沼)의 둘레 약 10m

석남사(石南寺) 계곡 상류를 거슬러 올라가다보면 석남사를 중심에 두고 왼쪽은 석남사골(홍류골), 오른쪽은 불당골로 갈라지게 된다.

석남사골은 석남폭포와 크고 작은 수많은 폭포와 소, 담을 품고 있으며, 밀양재를 넘나들었던 옛길이 있다. 불당골은 석남사 앞 식당촌에서 불당마을을 거쳐 쉼고개로 오르는 코스와 석남사 일주문을 들어와서 청운교를 지나 동인암[1] 울타리 길을 따라 불당폭포를 거쳐 귀바위 능선으로 오르는 출입이 다소 쉬운 코스가 있다.

불당골은 오래 전에 15가구가 살았던 곳이었으나 지금은 2가구만 이곳에서 농사를 지으며 살고 있다. 불당골이란 말은 본래 석남사에 거주하던 대처승들이 처자를 거느리며 살았다는 골짜기라는 뜻이다.

해발 500m에 위치한 불당골폭포를 찾아가려면 동인암 울타리 길을 따라 30여 분 걸어가서 사방댐을 찾으면 된다. 사방댐 위 계곡은 세 갈래의 물길이 합수되는데, 불당골폭포는 합수점의 중간에 위치한 계곡을 따라 100여 미터 올라가면 된다.

---

1) 1994년 인홍(引弘) 스님이 산내암자인 동인암(東仁庵)을 선원으로 개조한 곳이다. 동인암은 824년(헌덕왕 16)에 창건된 뒤, 1606년 현감 강제(姜齊)가 중건하고 1747년(영조 23) 석봉선사(石峰禪師)가 중수하였다. 1912년에 반운(反雲)스님의 중수에 이르기까지 수차례의 중수를 거치며 석남사와 역사를 함께한 유서 깊은 곳이다

불당골폭포

불당골폭포는 110m 반석을 따라 흘러내리는 폭포로 상운산(1117m)과 귀바위 부근에서 물줄기가 발원했다. 이 물줄기는 석남사 앞에서 석남천 계곡물과 합수되어 태화강으로 흘러든다.

폭포는 1폭포와 2폭포로 구분할 수 있는데, 1폭포는 높이가 10여 미터 인 직폭이고, 2폭포는 경사 50도 정도인 반석으로 물길을 이어가다가 70 ~ 90도에 가까운 폭포를 연출해낸다.

불당골폭포를 바라보면 석남사 강선당[2]에 새겨진 시「주련(柱聯)」[3]이 생각난다.

雲山疊疊連天碧 운 산 첩 첩 연 천 벽	구름 첩첩 이어져 푸른바다 이루는데
路僻林深無客遊 노 벽 림 심 무 객 유	길은 외지고 숲은 깊어 아무도 다니는 사람 없구나.
遠望孤蟾明皎皎 원 망 고 섬 명 교 교	멀리 바라봄에 달은 외로이 밝게 비치고
近聞群鳥語啾啾 근 문 군 조 어 추 추	가까이 온갖 새들 지저귀는 소리 들린다.

불당골폭포 위 반석-귀바위로 가는 방향에 있다.

2) 대웅전 마당 앞 좌측에 있는 강당으로 1912년 우운선사(友雲禪師)가 건립한 뒤, 1989년에 도문(道門)스님이 개축하였다. 정면 8칸, 측면 4칸의 팔작건물로 현재 학인스님들의 공부방으로 사용되고 있다.

3) 기둥이나 벽 따위에 장식 삼아 세로로 써서 붙이는 글씨. 주로 한시의 연구(聯句)를 쓴다.

老父獨坐棲靑嶂 노 부 독 좌 루 청 장	늙은 지아비 청산에 깃들어 홀로 앉아 지내더니
少室閑居任白頭 소 실 한 거 임 백 두	좁은 방에 한가로이 백발을 맡겨두네.
可歎往年與今日 가 탄 왕 년 여 금 일	지난날과 오늘은 한탄스럽기만 한데
無心還似水東流 무 심 환 사 수 동 류	무심한 내 마음은 동쪽으로 흐르는 물과 같구나.
丈夫志氣直如鐵 장 부 지 기 직 여 철	장부의 뜻과 기개 무쇠처럼 곧아서
無曲心中道自眞 무 곡 심 중 도 자 진	굽음이 없는 마음속에 도가 스스로 참되더라.

시의 내용과 같이 물처럼 근심 걱정을 떨쳐 버리고 흘러가보자! 하루 일정으로 이산 저산 거닐다가 전망 좋은 곳에 올라 시름을 달래면 자신의 나약함을 다잡아 볼 수 있을 것이다.

불당골폭포 위 반석에서 왼쪽으로 이어지는 등산로는 귀바위 방향으로 가는 등산로이다. 불당골폭포에서 귀바위를 지나 쌀바위까지 거리는 4.8km로 1시간 30분이 소요된다. 이 등산로를 걷다보면 때론 가파르고, 때론 거친 숨을 몰아쉬는 오르막을 만나게 되어 힘들 때도 있을 것이다. 그러나 석남사를 뒤로 하고 길 떠나는 수도승의 마음으로 세상 모든 것을 내려놓고 한발 한발 옮기다보면 어느새 귀바위에 도착해 있을 것이다.

상운산 자락에 우뚝 솟은 귀바위는 부처님의 귀를 닮은 데서 이름을 얻었다고 한다. 귀바위에서 아래를 내려다보면 석남사와 석남사 계곡이 한눈에 들어온다. 귀바위에서 운문령으로 이어지는 구간은 기후 변화가 다양해서 때론 안개와 구름이 몰려오기도 하고, 때론 안개비를 만날 때도 있다. 귀바위에서 상운산까지 가려면 20여 분이 걸리고, 귀바위에서 쌀바위까지 가려면 30여 분이 걸린다.

◆ 석남사(石南寺)

울산광역시 울구군 상북면 덕현리1064번지 | T.052-264-8900

석남사는 울산광역시 울주군 상
북면 덕현리에 자리하고 있는
사찰로 도의국사(道義國師)가 창
건한 절이다. 가지산(迦智山) 혹
은 석안산(石眼山)이라고 하는
산의 남쪽에 있다 하여 석남사
(石南寺)라 하였다는 이야기가
전해오고 있다.

석남사 경관

　지금으로부터 1,200여 년 전(BC 824년) 신라 헌덕왕 16년 도의국사의 창
건이래 여러 차례 중건중수(重建重修)를 거듭하다가 임진왜란 때 소실되고
그 후 1674년 조선 현종 15년 탁영(卓靈), 선철(善哲)선사(禪師) 등에 의하여
중건되었으며 다시 순조 3년에 침허(枕虛), 수일(守一)선사 등에 의하여 중
수되었다. 1912년 우운(友雲)스님에 의하여 다시 중수된 바 있으며 1957년
비구니(比丘尼) 인홍 (仁弘)스님께서 각 당우를 일신하여 현재에 이르렀으
며 건물동수가 모두 23동으로 국내외 가장 큰 규모의 비구니 종립 특별 선
원(宗立特別禪院)으로 널리 알려져 있다. 비구니의 수도장으로 언제 찾아도
깨끗하고 조용하다. 경내에는 보물 제369호로 지정된 부도가 있고 규모가
매우 짜임새 있다. 최근에는 석남사 입구에서부터 폭 2m, 길이 0.6km에 달
하는 숲길 산책로를 만들어 숲과문화연구회에서 전국 100대 숲으로 선정
할 만큼 보존가치가 높은 숲으로 수백 년 된 소나무, 노각나무, 굴참나무, 상
수리나무가 즐비하다. 특히 소나무의 경우 일제강점기 때부터 송진을 채취
할 만큼 좋은 형질을 가지고 있어 울산에서는 찾아보기 힘든 천연 숲으로
이름이 나 있다.

▲ 찾아가는 길

| 승용차 |

• 언양 – 석남사 – 석남사매표소 – 석남사 계곡 들머리 – 불당골 마을 – 사방댐 – 불당골폭포
  석남사 옆 주차장 주차: 1일 주차비 – 2,000원

| 시외버스 |

• 언양 – 상북면사무소 – 석남사매표소 – 석남사 계곡 들머리 – 불당골 마을 – 사방댐 – 불당골폭포
• 언양에서 석남사 방향 24번 국도를 따라 밀양(석남사) 방향으로 간다. 석남사 주차장에서 하차하면 가지산 석남사라는 간판이 보인다. 좌석버스(1713번 세원여객)는 언양 시외버스터미널에서 바로 탈 수 있다. 버스는 오전 7시40분 첫차를 시작으로 평균 20~30분 간격으로 다닌다.
• 운문령 방면은 언양에서 동곡까지 가는 경산버스가 하루 3회 운행한다.

▲ 주변 먹을거리와 숙박 안내

• 석남사 입구: 시인과 촌장: 052-264-4707 | 비빔밥, 항아리수제비, 전통차, 장떡, 민속주
• 가지산 탄산유황온천: 052-254-2216 | 울산광역시 울주군 상북면 덕현리
• 숙박 | • 운문산 자연휴양림: 054-371-1323 • 석남사산장: 052-264-5300

쇠점골 형제폭포 兄弟瀑布, 선녀폭포, 형제소

위치: 경상남도 밀양시 산내면 삼양리(쇠점골)
크기: 깊이 약 2m , 소(沼)의 둘레 약 30m

형제소(兄弟沼)는 폭포라기보다 소로 쇠점골 들머리에 위치해 있다. 쇠점골에 흐르는 물줄기는 가지산과 능동산에서 발원해서 오천평반석, 선녀탕, 형제소로 흘러간다. 형제소는 20년 전만 해도 깊이가 5~6m에 이를 정도로 상당히 깊었으나, 울산~밀양 간 도로공사 이후로 상당히 얕아져 아이들 물놀이에 안성맞춤인 곳이 되었다.

이곳은 형제에 관한 애틋한 전설이 전해 내려오는 곳이다. 옛날, 형과

쇠점골-형제소

쇠점골 선녀폭포

동생이 이 근처에서 공부를 하다가 동생이 붓 뚜껑을 물에 빠뜨렸다고 한다. 동생은 이것을 주우려다 물에 빠졌고, 형은 동생을 구하려다 물에 빠져 죽었다는 슬픈 전설이 내려오는 곳이다.

형제소에서 계곡 산행을 이어가려면 선녀탕과 오천평반석을 따라 쇠점골 상류로 올라가면 된다. 쇠점골은 밀양 사람들이 울산을 넘나들 때 소, 말의 편자를 갈아 끼웠던 골짜기라 해서 붙여진 이름이다. 최근 설치된 얼음골 케이블카도 쇠점골과 능동산으로 이어지는 주능선에 있다. 형제소에서 다시 돌아 나오면 호박소 방향으로 이어지는 용수골 산행이 가능하다.

쇠점골 선녀폭포는 형제소에서 10여 분 거리에 있다. 선녀폭포는 높이가 5m 정도인 아담한 폭포로 폭포위에는 선녀탕이 있다. 그 옛날 옥황상제를 모시던 선녀들이 더위를 식히러 이곳 선녀탕과 선녀폭포에서 물놀

쇠점골 오천평반석

이를 즐겼다는 이야기가 전해져 내려온다.

오천평반석은 선녀폭포에서 10여 분 거리에 있다. 한 폭의 비단을 펼쳐 놓은 듯한 거대한 반석(盤石)은 건기를 제외하곤 반쯤 물속에 잠겨 있다. 반석 크기는 길이가 200여 미터, 폭이 50여 미터로 넓고 판판하다.

쇠점골 형제폭포는 용수골과 쇠점골의 합수 지점에서 2.1km 떨어진

곳에 있다. 반석 위로 흐르는 물줄기는 거의 직폭에 가까우며, 흘러내리는 물줄기는 마치 쌍둥이폭포처럼 양쪽으로 나뉘어져 흐른다. 형제폭포는 높이가 7m, 폭이 5m, 소의 둘레는 10m 정도로 쇠점골에서 볼 수 있는 가장 큰 폭포다. 폭포 아래는 깊은 협곡으로 파여 있어 폭포 가까이 접근하려면 물길 산행을 해야 한다. 형제폭포에서 석남터널까지는 1.7km의 물길이 계속 이어져 빼어난 풍광을 자랑한다.

쇠점골은 울산근교의 대표적인 여름 계곡 산행지로 그 길이만 4km에 달한다. 주암계곡, 고헌산 주계곡과 더불어 '울산 근교 3대 물길산행 지역'으로 손꼽히며, 여름철이면 '사람 반 물 반'이라는 말처럼 발 디딜 틈

쇠점골 형제폭포

이 없을 정도로 인기가 많은 곳이다.

쇠점골에서 석남터널 방면으로 걷다보면 갖가지 모양의 소와 담을 계속해서 만나게 된다. 파래소폭포를 닮은 폭포도 있고, 와우폭포를 닮은 폭포도 있고, 그야말로 천태만상(千態萬象)[1]이다.

형제소 입구에 있는 백연사

시간적인 여유가 있다면 쇠점골 상류부근에서 석남터널 조금 못 미치는 지점에서 능동산으로 향하는 우측 사면을 따라 올라가서 고봉산(皐奉山)[2]의 암릉과 입석대를 둘러보고 (구)가지산 석남터널휴게소 방면으로 하산하는 것도 좋을 듯하다.

쇠점골 무명폭포

1) 천 가지 모습과 만 가지 형상이라는 뜻으로, 사물의 모양이나 현상이 한결같지 않고 각각 모습과 모양이 다름을 이르는 말
2) 고봉산(皐奉山)은 낙동정맥의 한 구간으로 가지산과 능동산으로 이어지는 지맥이다. 석남터널 위에서 능동산 방면으로 10분쯤 가면 좌측으로 첫번째 갈림길이 나온다. 길 옆 작은 돌무더기가 고봉산 입석대(立石臺)로 향하는 들머리이다

| 승용차 |

• 언양 – 석남사(24번 국도) – 가지산터널 – 호박소(용수골) 주차장 – 얼음골검문소 – 얼음골주차장 –
  형제소(兄弟沼) – 오천평반석 – 형제폭포

| 시외버스 |

• 밀양방면 24번 국도 – 얼음골 입구 – 얼음골 주차장 – 형제소 – 오천평반석 – 형제폭포
• 밀양행 시외 버스는 석남사-얼음골: 1일 12회 – 휴가철
  08:30, 09:30, 11:00, 12:20, 13:20, 14:20, 16:00, 17:40, 18:20, 19:20

▲ 주변 먹을거리와 숙박 안내

• 석남사 입구: 시인과 촌장: 052-264-4707 | 비빔밥, 항아리수제비, 전통차, 장떡, 민속주
• 포항상회: 018-569-0035 | 잔치국수, 찹쌀수제비, 파전, 동동주 등
• 가지산 탄산유황온천: 052-254-2216 | 울산광역시 울주군 상북면 덕현리
• 아이스밸리 리조트: 055-356-7139/7140 | 밀양시 산내면 남명리 1-5번지 | 편의시설: 냉장
  고, TV, 음료수, 옷장, 세면도구, 한식당, 레스토랑 | 입실 14:00~ 퇴실 12:00

호박소폭포 臼淵沼瀑布

위치: 경상남도 밀양시 산내면 삼양리

크기: 높이 약 10m, 소(沼)의 둘레 약 30m

울산, 밀양 사람들에게 잘 알려져 있는 시례 호박소는 밀양시 산내면 삼
양리에 있다. 가지산에서 발원한 물줄기가 용수골을 거쳐 호박소에 이르
면서 아름다운 폭포를 만들어낸다.

호박소폭포

『동국여지승람』기록에
의하면 호박소는 오랜 가뭄
이 계속될 때 기우제를 지내
는 기우소(祈雨所)였다고 한
다. 또한 호박소는 화강암
의 암반이 억겁의 세월을 흘
러오면서 그 형상이 마치 절
구(臼)의 호박같이 생겼다
하여 호박소 또는 구연소(臼
淵沼)라 한다. 호박소의 둘

호박소 빙폭

레는 약 30m 정도이며, 구
연폭포, 또는 백연폭포라고
도 불린다. 하얀 바위 반석
으로 이루어진 이 폭포골은
그야말로 무공해 청정지역
이다. 호박소 주위에는 백
연사, 형제소, 오천평반석
등 구경거리가 많아 여름철
이면 많은 사람들이 휴가를
즐기기 위해 이곳을 찾는다.

호박소폭포 하단

호박소에서 위로 올라가면 이목굴[1]과 삼양교가 나오고 가지산과 구룡
폭포로 향하는 길로 연결된다. 아래로 내려서면 얼음골로 갈 수 있는 길
과 쇠점골 들머리인 형제소, 선녀탕, 오천평반석이 나온다.

1) 삼양교와 호박소 중간 지점에 있는 동굴로 옛날 이목도사가 이곳에서 공부를 했다는 전설이
있다. 또 승천하지 못한 용(龍)인 이무기 곧 이목(目)이 서식하였다는 전설이 있다.

◆ 시례 호박소 전설

어느 선생 밑에 공부를 하는 이미기(이무기)라는 제자가 있었는데, 이 제자는 하나를 가르치면 열을 알았다. 그래서 선생이 이 제자를 무척이나 아꼈다.

하루는 선생과 제자가 같이 자는데 눈을 떠보니 제자가 없었다. 화장실에 갔나보다 하고 자는데 같은 일이 며칠씩 반복되었다. 하도 궁금하여 하루는 선생이 자는 척하다가 제자를 따라가 보니 시례 호박소에서 노는 것이었다. 그런데 그 모습이 사람이 아니라 구렁이였다. 그것을 본 선생은 깜짝 놀랐지만 먼저 돌아와 태연하게 자는 척했다.

그즈음 마을에 심한 가뭄이 들었다. 마을 사람들은 농사를 제대로 지을 수가 없어 기우제를 지냈지만 비는 내리지 않았다. 선생은 '옛말에 사람이 용이 되면 가물다'란 말을 생각해내고, 이미기가 용이 되느라고 날이 가물다고 생각하였다. 제자에게 비가 오도록 재주를 한번 부려보라고 하니, 그는 자기에게는 그런 재주가 없다며 거절하였다. 그러나 선생이 자꾸 부탁을 하자 어쩔 수 없이 재주를 부리게 되었다. 제자는 마당에 멍석을 깔아놓고 붓글씨를 쓰다가 손에 먹을 찍어서 하늘을 향해 퉁겼다. 그러자 하늘에서 비가 내리기 시작했다.

옥황상제가 이미기에게 오백 년 동안 수양을 한 후 승천을 하라고 하였는데, 그 시간이 지나기 전에 잔재주를 부려서 옥황상제의 노여움을 사게 된 것이다. 그래서 옥황상제가 저승차사를 보내 이미기를 잡아오라고 하였다.

하늘에서 뇌성벽력이 치더니 한 사람이 선생 앞에 나타나 이미기라는 사람이 있냐고 물었다. 이미기가 선생에게 자기를 죽이러 온 저승차사니 살려달라고 하였다. 그래서 선생은 저승차사에게 이미기라는 사람은 없고 뒷산에 이미기라는 나무는 있다면서 그 나무를 가르쳐주었다. 그러자 나무에 벼락이 쳤다. 그 뒤, 마을에는 단비가 내려 농사를 지을 수 있게 되었지만 승천하지 못하게 된 이미기는 시례 호박소로 들어가 버리고 말았다.

▲ 찾아가는 길

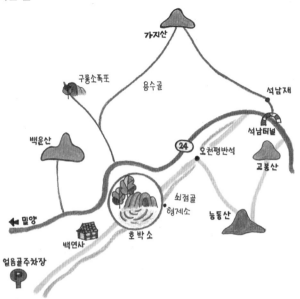

| 승용차 |

• 언양 – 석남사(24번 국도) – 석남터널 – 호박소(용수골)주차장 – 호박소폭포
 용수골 주차장에 주차를 하고 삼양교 아래로 약 300m쯤 내려오면 호박소폭포가 있다.

| 시외버스 |

• 언양 – 석남사(24번 국도) – 가지산터널 – 얼음골주차장
 24번 국도 – 가지산터널 – 얼음골주차장(얼음골 입구에서 동쪽으로 2Km – 얼음골 주차장)
• 밀양행 시외버스는 석남사-얼음골: 1일 12회– 휴가철
 08:30, 09:30, 11:00, 12:20, 13:20, 14:20, 16:00, 17:40, 18:20, 19:20
 밀성여객: 055-354-6107, ARS 1688 – 6007

▲ 주변 먹을거리와 숙박 안내

• 석남사 입구: 시인과 촌장: 052-264-4707 | 비빔밥, 항아리수제비, 전통차, 장떡, 민속주
• 포항상회(석남터널): 018-569-0035 | 잔치국수, 찹쌀수제비, 파전, 동동주 등
• 가지산 탄산유황온천: 052-254-2216 | 울산광역시 울주군 상북면 덕현리
• 아이스밸리 리조트: 055-356-7139/7140 | 밀양시 산내면 남명리 1-5번지 | 편의시설: 냉장
 고, TV, 음료수, 옷장, 세면도구, 한식당, 레스토랑 | 입실 14:00~ 퇴실 12:00

구룡소폭포 九龍沼瀑布

위치: 경상남도 밀양시 산내면 삼양리 백운산
크기: 높이 약 20m , 소(沼)의 둘레 약 10m

구룡소폭포는 가지산에서 뻗어 내린 1,080m 봉과 백운산 서–북봉 812m
에서 발원한 물줄기가 합쳐지면서 형성된 폭포로, 가지산군에서는 가장
높은 곳에 위치한 폭포이다. 이 폭포는 여름철 우기를 제외하곤 물이 부
족한 것이 흠이다.

폭포 형태는 직폭이 아닌 와폭으로 매끈한 화강암 암릉을 타고 폭포수
가 흘러내린다. 옛날 구룡소에 아홉 마리의 용(龍)이 살았다 하여 구룡소
라 불렸다고 한다. 비가 많이 오는 여름날에는 소에 놀던 용들이 마치 폭
포를 타고 하늘로 승천(昇天)하는 모습을 연상하게 된다.

용수골 주차장을 가로질러 왼쪽으로 개울물을 건너면 등산길 들머리
가 있는데, 이곳에서 좌측 계곡 3부 능선쯤에 구룡소폭포가 있다. 여기서
화장실을 기준으로 오른쪽 길은 용수골을 따라 밀양재–가지산으로 오르
는 등산로이고, 왼쪽 길은 구룡소폭포로 향하는 길이다.

산행은 호박소 계곡 입구의 삼양교에서 시작한다. 삼양교는 언양에서
옛 24번 국도를 타고 석남터널을 지나 밀양쪽으로 5~6분쯤 내려가는 곳
에 있다. 다리를 건너면 비교적 넓은 공간에 호박소 계곡을 알리는 입석
과 호박소 휴양지 입간판이 세워져 있다.

구룡소폭포를 감상한 뒤 산행을 계속하려면 가지산과 백운산으로 가
는 등산로를 이용하면 된다. 여기서 가지산 정상까지는 1시간 30여 분,

구룡소폭포

구룡소폭포-겨울 빙벽

백운산(891m)까지는 40여 분 소요된다. 삼양교 아래로 내려가면 호박소
폭포(湖泊沼 瀑布)를 감상할 수 있다. 여름 장마철 막간을 이용하여 구룡소
폭포와 호박소폭포의 물줄기를 감상한다면 그 추억은 두고두고 잊히지
않을 것이다.

| 승용차 |

• 언양 – 석남사(24번 국도) – 석남터널 – 호박소(용수골) 주차장 – 구룡소폭포

| 시외버스 |

• 언양 – 석남사(24번 국도) – 호박소(용수골) 주차장
  석남터널 – 밀양 (평상시 – 하루 6회 운행: 석남사 – 밀양)
• 밀양행 시외버스는 석남사 – 얼음골: 1일 12회
  08:30, 09:30, 11:00, 12:20, 13:20, 14:20, 16:00, 17:40, 18:20, 19:20
  밀성여객 전화번호: 055-354-6107
• 울산 · 부산 – 석남사 – 석남터널 밀양 방면 도로를 이용하여 호박소 부근에서 호박소 제일관광농
  원 휴양지 주차장에 주차하면 된다.

▲ 주변 먹을거리와 숙박 안내

• 석남사 입구: 시인과 촌장: 052-264-4707 | 비빔밥, 항아리수제비, 전통차, 장떡, 민속주
• 포항상회: 018-569-0035 | 잔치국수, 찹쌀수제비, 파전, 동동주 등
• 가지산 탄산유황온천: 052-254-2216 | 울산광역시 울주군 상북면 덕현리
• 아이스밸리 리조트: 055-356-7139/7140 | 밀양시 산내면 남명리 1-5번지 | 편의시설: 냉장
  고, TV, 음료수, 옷장, 세면도구, 한식당, 레스토랑 | 입실 14:00~ 퇴실 12:00

용미폭포 龍尾瀑布

위치: 경상북도 청도군 운문면 신원리(운문산 자연휴양림 내에 있는 폭포)
크기: 높이 약 20m , 소(沼)의 둘레 약 10m

상운산(1114m)과 1059m 봉에서 발원한 물줄기가 신원천으로 흘러들면서 용미폭포를 일으키고 운문댐에 이른다. 여름 우기(雨期)를 제외하곤 평소 흐르는 물의 양이 적어 말라붙는 건폭(乾瀑)이지만, 겨울철에는 얼음이 두껍게 언 빙폭(氷瀑)으로 변해 장관을 이룬다. 일연스님이 용미폭포를 보고 '『삼국유사』를 저술해야겠다.'라고 생각했다는 전설이 전해져 내려올 만큼 신비로운 곳이다.

운문산 자연휴양림 안쪽 들머리는 출입 제한을 받기 때문에 휴양림 조금 지나서 생금비리 쉼터 부근 왼쪽, 길 건너서 몇 개의 등산 리본이 붙어 있는 지점을 들머리로 택하여 찾아가면 된다. 들머리를 출발해서 가다보면 길 표시가 있다가 사라져 버린다. 그러나 당황할 필요가 없다. 5분 정도 같은 방향으로 오르다가 오른쪽 능선길을 택하여 40여 분 오르다보면

◆ 용미폭포(龍尾瀑布) 전설

삼계리 남서쪽 쌍두봉 계곡에 있는 높이 20m의 장관을 이룬 이 폭포는 계곡에서 천년을 살고 있던 늙은 백룡 한 마리가 천년의 소원성취로 하늘로 승천하면서 힘에 겨운 나머지 바위에 걸쳐진 꼬리를 남긴 채 몸통만 승천하게 되어, 걸쳐진 용꼬리가 폭포로 변했다 하여 용미폭포라 부른다.

용미폭포

자연휴양림과 이어지는 주능선에 올라서게 된다. 이곳에서 능선을 따라 올라가지 말고 휴양림 서쪽 계곡으로 내려가면 된다.

용미폭포는 등산 애호가에게도 잘 알려지지 않은 폭포다. 운문산 자연 휴양림을 조성한 뒤 휴양림 측에서 출입을 통제했기 때문이다. 이곳은 사람의 발길이 닿지 않아 전혀 오염되지 않았고, 나선폭포와 쌍두봉을 동시에 감상할 수 있다. 생금비리 쉼터나 운문산 자연휴양림에서 출발하면 용미폭포까지 3~4시간, 쌍두봉까지 4~5시간 정도 소요된다.

생금비리 쉼터에서 능선길을 따라 1시간 정도 오르면 쌍두봉으로 향하는 주능선길에 올라서게 되는데, 능선 바로 아래에 부처바위를 만날 수 있다.

부처바위는 갓, 얼굴, 몸통 등 세 부분으로 나뉘어져 있다. 멀리서 보면 작아 보이지만 가까이 가보면 높이 15m의 거대한 바위가 마치 부처 형상(形象)을 하고 용미폭포와 인접해 서 있다. 부처바위 위 능선에 올라서면 운문산 자연휴양림이 바로 눈 아래 보인다.

부처바위-용미폭포로 내려가는 주능선에 있다.

부처바위에서 20m쯤 휴양림 방향으로 내려가면 갈림길이 나오는데, 이정표가 왼쪽은 운문산 자연휴양림, 오른쪽은 용미폭포를 가리키고 있다. 부처바위에서 용미폭포까지는 걸어서 5~7분 거리에 있다.

용미폭포 옆 비선폭포

용미폭포만 둘러보는 것이 아쉽다면 부처바위 방면으로 되돌아 나오면 쌍두봉으로 향하는 등산로가 나오므로 산행을 이어갈 수 있다. 폭포 오른쪽 70~80도 경사길로도 산행이 가능하지만 위험한 길이므로 초보

용미폭포-겨울 빙벽

자는 다른 길로 산행하는 게 좋겠다.

용미폭포를 중심으로 왼쪽 계곡 방향으로 20여 분 가로질러 나아가면
비선폭포를 감상할 수 있는데 높이가 3~4m인 아담한 폭포이지만 여름
에는 시원한 물줄기를 감상할 수 있다.

◆ 운문산 자연휴양림

위치: 경북 청도군 운문면 운문로 763 | 휴양림 관리사무소 054-371-1323
이용시간: 당일 15:00~익일 12:00

운문산 자연휴양림은 낙동정맥의 남쪽 자락에 위치한 문복산(1013.5m)과 영남 알프스의 맹주 가지산(1240m) 사이 깊은 계곡에 자리해 있다. 이 계곡 신원천은 운문령에서 발원하여 운문사-운문천과 합류하여 운문호로 흘러들어 간다. 휴양림으로 지정된 구역은 1,961ha에 달하는 방대한 면적으로, 하루 최대 1,000명, 최적 500명을 수용할 수 있는 시설규모를 갖추고 있다. 휴양림에서 동쪽으로 2.5km 떨어진 운문령 정상에서 동해의 해돋이를 감상할 수도 있다.

휴양림 입구에는 옛 운문성을 재현한 특이한 정문 조형물이 있다. 휴양림 내에는 20m 높이의 용미폭포와 계곡에 자생하는 노각나무 등 다양한 수종의 천연활엽수림이 조성되어 있어 여름철에는 울창한 숲으로 더위를 잊게 하고, 가을에는 기암괴석과 조화된 형형색색의 단풍과 겨울에는 심산계곡의 고요한 자연 속 설경과 용미폭포의 빙벽 절경을 감상할 수 있다.

▲ 찾아가는 길

| 승용차 |
- 언양 – 궁근정 – 운문령 – 삼계리 – 운문산 자연휴양림 – 용미폭포

| 시외버스 |
- 언양 – 궁근정 – 운문령 – 삼계리 – 생금비리 쉼터에서 하차 – 용미폭포
  언양에서 청도 가는 시외버스를 이용한다.
- 용미폭포는 운문산 자연휴양림 내 상운산–동북 7부 능선 계곡에 있다.
  운문산 자연휴양림 내 서쪽 계곡 800m부근

▲ 주변 먹을거리와 숙박 안내

• 삼계리 길 주변에 포장마차 형태의 음식집과 가든이 즐비하게 영업 중이며, 하산 후 뒤풀이 겸 하산주 한 잔으로 하루의 회포를 풀기에 안성맞춤인 곳이다.

• 청도별장가든: 054-372-1217 • 칠성슈퍼: 054-371-5287

• 물레방아가든: 054-372-0885, 대표 HP: 010-3804-0453 | 오리불고기, 닭백숙, 메기매운탕, 산채비빔밥, 해물파전, 동동주 등

• 숙박 | • 운문산 자연휴양림: 054-371-1323 • 석남사산장: 052-264-5300

나선폭포 裸仙瀑布

위치: 경상북도 청도군 운문면 신원리 삼계리(배너미골 기슭)

크기: 높이 약 40m 직폭 , 소(沼)의 둘레 약 30m

지룡산 동쪽 능선 823m 봉에서 발원한 물줄기가 배너미골로 흘러들어 나선폭포를 일으키고 운문댐에 이른다. 나선폭포는 여름철에는 천지를 진동하리만큼 웅장하고, 가을철에는 폭포 주변 단풍이 아름답고, 겨울철에는 50여 미터 이상이나 되는 빙벽이 만들어져 빙벽 등반 코스로 잘 알려져 있다.

선녀들이 나선폭포에 내려와 목욕을 할 때, 이곳 산신이 선녀들을 호위했다는 전설이 내려온다. 40여 미터 높이의 바위에서 수직으로 떨어지는 장엄한 물줄기 사이를 오가며 선녀들이 소에서 물놀이하는 장면을 상상

나선폭포-겨울 빙벽

해 보라. 어릴 적 국어 교과서에 읽었던 '선녀와 나무꾼' 이야기가 생각날 것이다.

나선폭포를 감상한 뒤 산행을 계속하려면 우측으로 나 있는 가파른 너덜지대(자갈길)를 30여 분 올라가야 한다. 전망바위 1과 전망바위 2를 지나면 삼계 2봉(807m)에 도착하게 된다. 서쪽으로는 지룡산·운문

나선폭포-여름

댐이 한눈에 들어오고, 남쪽으로는 비구니 대학이 있는 운문사와 억산이 보인다. 동쪽으로는 상운산과 쌍두봉이 손에 잡힐 듯 능선과 이어지고, 북쪽으로는 문복산과 개살피계곡, 옹강산, 수리덤계곡이 한눈에 들어온다.

이곳에서 이어지는 등산로 좌측은 배너미재로 가는 길이고, 우측은 칼날 능선과 후백제 견훤의 이야기가 전해지는 지룡산과 복호산 등산로와 이어지는 길이다.

◆ 지룡산과 후백제 견훤의 이야기

지룡산(658.8m)은 산이라기보다 산성으로 오랫동안 불려 왔다. 산성의 규모는 작지만 사방이 절벽과 급경사로 둘러져 있고 동쪽 능선에 샘이 있어서 산성으로서 천혜의 입지 조건을 갖추고 있다.

복호산 신선바위

지룡산성이란 이름은 후백제왕 견훤이 이 산에 살던 지렁이의 아들이라는 야설로 인해 지룡산이라 부르게 되었고, 여기에 있는 산성을 지룡산성이라 부르게 되었다 한다.

지룡산성은 신라가 망하고 고려가 삼국을 통일하게 된 계기의 터전이기도 하다. 이 산성을 축조한 후백제왕 견훤이 신라의 수도였던 금성을 공략하게 되자, 신라왕이 나라를 들어 고려에 항복하게 되고 그 뒤 고려에 의해 후삼국이 통일되었던 것이다.

복호산(681m)은 옛 신선봉을 달리 부르는 이름이다. 신원리에서 보면 호랑이가 엎드려 있는 모습이라 하여 복호산(伏虎山)이라 불렸는데 신원리에서 남쪽 방향으로 보이는 바위산이다.

복호산은 신원리에서 보면 한 봉우리로 보이지만 실제로는 두 봉우리가 앞뒤로 이어져 있다. 앞에 있는 복호산은 바위로 이루어져 사방이 잘 내려다보이지만 뒤에 있는 복호산은 나무가 우거져 조망은 어렵지만 봉우리 높이는 더 높다.

▲ 찾아가는 길

| 승용차 |

• 언양 – 궁근정 – 운문령 – 삼계리 – 천문사 – 나선폭포
  삼계리에서 배너미재 방향으로 가다가 개울을 하나 건너고, 5분 정도 가다보면 조그마한 돌탑이 있고, 우측
  계곡으로 5~7분 정도 가면 된다

| 시외버스 |

• 언양 – 궁근정 – 운문령 – 삼계리 – 삼계 2리에서 하차 – 천문사 – 나선폭포
• 언양에서 청도행 시외버스를 이용한다.
• 언양에서 석남사 방향 24번 국도를 따라 밀양(석남사)방향으로 간다. 석남사 부근에서 다시 청도
  방면으로 이어지는 69번 국도를 따라 삼계리에 도착하면 황등산 천문사라는 돌 간판이 보인다.
  여기에서 절 입구로 향하는 길이 나선폭포로 가는 길목이다.

▲ 주변 먹을거리와 숙박 안내

• 운문산 자연휴양림 | 휴양림 관리사무소 054-371-1323 | 경북 청도군 운문면 운문로 763 |
  이용시간: 당일 15:00~익일 12:00 | 수용인원: 최대 1,000명/일, 최적 500명/일
• 삼계리 길 주변에 포장마차 형태의 음식집과 가든이 즐비하게 영업 중이며, 하산 후 뒤풀이 겸
  하산주 한 잔으로 하루의 회포를 풀기에 안성맞춤인 곳이다.
• 청도별장가든: 054-372-1217 • 칠성슈퍼: 054-371-5287
• 물레방아가든: 054-372-0885, 대표 HP: 010-3804-0453 | 오리불고기, 닭백숙, 메기매운
  탕, 산채비빔밥, 해물파전, 동동주 등
• 운문령 쉼터: 054-371-1966 | 잔치국수, 파전, 동동주, 묵채, 손수제비 등

선녀폭포 仙女瀑布 (일명: 천상폭포)

위치: 경상남도 밀양시 산내면 원서리(상운암 계곡)
크기: 높이 약 20m , 소(沼)의 둘레 - 소(沼)라기보다 담(潭)의 형태

선녀폭포로 가려면 정구지바위와 비로암폭포를 지나 운문산 상운암 방면으로 30~40여 분 올라가 들머리를 찾아야 한다. 오른쪽을 보면 누군가가 쌓아놓은 수많은 돌탑들이 보이는데, 돌탑을 따라 오른쪽으로 방향(계곡에서 다소 떨어져 있음)을 틀면 희미한 등산로가 보인다. 그 등산로를 따라 5분 정도 계곡 방향으로 가다보면 나무 사이로 20여 미터 높이의 선녀폭포가 보인다.

선녀폭포는 와폭(臥瀑)과 직폭(直瀑) 형태로 신비롭게 서 있다. 운문산에

놀러 온 선녀들이 더위를 식히기 위해 이곳에서 물놀이를 즐겼다는 상상만 해도 가슴이 설렌다. 폭포는 운문산(1188m)과 함화산(1107.8m) 서쪽 사면에서 발원한 물줄기가 상운암 계곡으로 흘러들어 만들어졌다. 여름철 우기(雨期)를 제외하곤 흐르는 물의 양이 그리 많지 않아 2단 형태의 소는 고인 물

선녀폭포-겨울 빙벽

선녀폭포

의 양이 적다. 하지만 겨울철에는 그 모습이 확연히 달라져 빙벽 등반지로 잘 알려진 폭포이다. 빙벽 높이는 60여 미터에 이르며 천황산의 선녀폭포와 쌍벽을 이룰 정도로 빙벽이 뛰어나 겨울이 시작되면 빙벽 등반 마니아들이 이곳을 제일 먼저 찾아 나선다.

폭포 하단에서 우측 계곡을 타고 오르면 상운암(上雲庵)으로 향하는 주등산로와 만나게 된다. 폭포 상단에서 우측 계곡을 트래버스하면 함화산

상운암 요사채 경관

주등산로와 만나게 되는데, 여름철에는 우거진 나무와 잡초 때문에 진행이 어렵다. 선녀폭포(천상폭포)에서 상운암까지는 고만고만한 길이 이어지는데 30여 분이면 도착할 수 있다.

상운암(해발1000m)은 운문산 정상 아래 있는 작은 암자로 석골사와 인연이 많은 기도도량이다. 상운암은 '구름 위의 암자'라는 이름답게 운문산(해발 1188m) 방향으로 구름이 모여들고 흩어지는 풍경이 경이롭다. 상운암에서 내려다보면 수리봉, 억산, 문바위 같은 높은 봉우리가 아스라이 펼쳐지는데 전망이 아름다워 감히 발걸음을 떼놓을 수 없을 정도다. 또한 상운암 석간수는 운문산의 최고의 보물이다. 해발 1000m 지점에 샘물이 쏟아 나올 뿐 아니라 여름엔 얼음같이 차고 물맛이 좋다. 상운암에서 운문산 정상까지는 20여 분이면 도착할 수 있다.

▲ 찾아가는 길

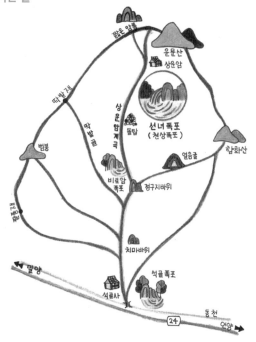

| 승용차 |

• 언양 – 석남사 – 남명리(삼양리) – 석골마을 표지석 – 석골사 앞 주차장 – 선녀폭포
  승용차는 석골사 계곡 입구까지 올라간다.

| 시외버스 |

• 언양 – 석남사 – 남명리(삼양리) – 석골마을 표지석 – 석골사 앞 주차장 – 선녀폭포
• 24번 국도를 따라 언양에서 밀양 방면으로 가다보면 얼음골–남명초등학교–석골마을 원서리 ·
  원서리에서 내려, 약 2km 정도(20여 분) 걸어서 들어가야 한다.

▲ 주변 먹을거리와 숙박 안내

• 석남사 입구: 시인과 촌장: 052-264-4707 | 비빔밥, 항아리수제비, 전통차, 장떡, 민속주
• 포항상회(석남터널): 018-569-0035 | 잔치국수, 찹쌀수제비, 파전, 동동주 등
• 가지산 탄산유황온천: 052-254-2216) | 울산광역시 울주군 상북면 덕현리
• 도시락을 준비해야 한다.

비로암폭포 飛露巖瀑布

위치: 경상남도 밀양시 산내면 원서리(상운암 계곡)
크기: 높이 약 20m , 소(沼)의 둘레 약 10m

비로암폭포는 석골폭포에서 선녀폭포로 가는 중간 지점에 위치해 있다. 운문산(1188m)과 범봉(962m)에서 발원한 물줄기가 상운암 계곡으로 흘러 들어 비로암폭포를 일궈낸다.

비로암폭포는 평상시에도 흐르는 물의 양이 많아 웅장한 자태를 뽐낸다. 콸콸거리며 흘러내리는 물소리가 운문산 호랑이의 우렁찬 포효 같아 잠시 주춤거리게 된다. 쉽사리 범접하지 못할 위엄! 그 위엄은 짙푸른 소에도 흘러넘친다. 천년 세월을 기다린 이무기가 용(龍)으로 승천(昇天)하려는 듯 성스러운 기운! 선녀를 훔쳐 본 나무꾼처럼 두근거리는 가슴으로 폭포 앞에 설 수밖에 없다.

비로암폭포를 찾아가는 가장 쉬운 길은 24번 국도를 타고 석골폭포를 찾아가는 것이다. 석골폭포는 석골사 아래 주차장 근처에 있어 접근하기 좋다. 석골폭포에서 운문산 방향으로 등산로를 따라 걷다보면 정구지바위와 제2의 얼음굴이라 불리는 교차 지점이 나온다. 이곳에서 좌측으로 내려가면 폭포 상단으로 내려가는 길목이 나타나고 비로암폭포를 곧 만날 수 있다. 석골폭포에서 비로암폭포까지 30~40여 분 걸리는 곳이니 편한 마음으로 산행해도 괜찮다.

폭포 아래 반석에 걸터앉아 주변을 살펴보면 왼쪽에는 비로바위 능선이 그 위용을 드러낸다. 수천 년을 이어 오면서 자라난 부처손[1]과 하얀 물

비로암폭포

1) 부처손과에 딸린 늘 푸른 여러해살이풀로 잎이 오므라졌을 때, 그 모습이 주먹을 쥔 손 모양과 비슷하다 하여 한자로 권백(卷栢)이라 불리며, 펴진 잎 모양이 측백 잎을 닮았다 하여 지측백이라 불리기도 한다. 또 생명력이 몹시 질긴 것에 빗대어 만년초, 장생불사초, 회양초(回陽草) 등으로 불리기도 한다.

안개를 뿜으며 흘러내리는 물줄기의 신비로움에 사로 잡혀 시 한 수가 절로 나오는 곳이다.

운문산(雲門山)   진희영

　　운문산에 오르면 힘이 솟는다
　　구름도 문(門)을 열고
　　모두가 내 품으로 다가온다

　　동쪽은 심심이골, 서쪽은 천문지골

비로폭포 아래 동굴폭포

남쪽은 상운암골, 북쪽은 학심이골
심산유곡 절벽 아래 선녀폭포! 비로암폭포

치마바위, 비로바위, 소머리바위, 독수리바위
우두능선, 비로능선, 아쉬운 릿지
모두가 비경(秘景)일세

상운암 석간수는 길손들의 벗이 되고
운문사 목탁소리 산천을 울릴 때면
전설 품은 대비사는 운무속에 아련하고

산등성이 돌고 돌아 딱밭재로 내려서면
한등 넘어 범봉이요
그 넘어 팔풍재라

흰덤봉 깊은 골에 못 다 핀 복수초는
함월산 얼음굴의 유래를 알련마는
석골사의 풍경소리는 귓전에 아련할 때

밤마다 천상선녀 사랑 찾는 석골폭포
옥색물결 맑디맑아 청정을 더하는데
아! 운문산(雲門山)은 구름의 문(門)이런가

비로암폭포에서 10여 미터 정도 아래로 내려오면 거대한 바위가 계곡
을 가로지른다. 그 아래 바위동굴폭포가 이색적이라 사진에 담아보았다.
동굴폭포를 뒤로하고 등산로를 따라가면 길 바로 옆에 서 있는 정구지

정구지바위

바위를 볼 수 있다. 정구지바위는 밀양에 사는 마고할미가 울산에 사는 딸집에 가다가 이 바위 위에서 잠시 쉬었는데, 잠에서 깨니 해는 서산으로 넘어가고 어둠이 깔리고 있었다 한다. 마고할미는 머리에 이고 온 정구지(부추)를 미처 생각하지 못하고 두고 간 바람에 이 바위에서 정구지가 자라게 되었다는 전설이 내려오는 곳이다.

이곳에서 20~30여 분 올라가면 선녀폭포(천상폭포)가 나오고, 이 길을 따라 조금만 더 올라가면 상운암과 운문산으로 오르는 등산로와 연결된다.

▲ 찾아가는 길

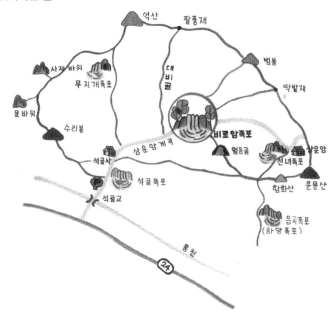

| 승용차 |

* 언양 – 석남사 – 남명리(삼양리) – 석골마을 표지석 – 석골사 앞 주차장 – 비로암폭포
  승용차는 석골사(계곡) 입구까지 올라간다.

| 시외버스 |

* 24번 국도를 따라 언양에서 밀양방면으로 가다보면 얼음골 – 남명초등학교 – 석골마을 원서리
  에 내려, 약 2km 정도(20여 분) 걸어서 들어가야 한다.

▲ 주변 먹을거리와 숙박 안내

* 석남사 입구: 시인과 촌장: 052-264-4707 | 비빔밥, 항아리수제비, 전통차, 장떡, 민속주
* 포항상회(석남터널): 018-569-0035 | 잔치국수, 찹쌀수제비, 파전, 동동주 등
* 가지산 탄산유황온천: 052-254-2216 | 울산광역시 울주군 상북면 덕현리
* 마땅한 식당이 없으니 도시락을 준비해야 한다.

이끼폭포

위치: 경상북도 청도군 운문산 천문지골 중앙릉(해발 680m)에 위치

크기: 높이 약 40~50m

운문산 서북릉에서 발원한 물줄기가 천문지골로 흘러들며 해발 680m 부근에서 이끼폭포를 만들어낸다. 이끼폭포 주변은 여름이 되면 밀림과 같은 울창한 숲과 폭포 부근에 자라나는 이끼들로 그 경관이 매우 아름답다. 하지만 이끼폭포로 가는 길은 멀고 위험해서 마음을 단단히 먹고 산행해야 한다.

석골사에서 출발하여 이끼폭포에 가려면 여러 곳을 거쳐야 한다. 정구지바위, 비로암폭포, 선녀폭포를 지나, 상운암과 운문산 갈림길 돌탑에서 내려가면 이끼폭포가 보인다. 들머리는 마치 정글과도 같은 원시림 산비탈이라 찾기가 쉽지 않다. 등산로는 불확실하고 경사가 가파를 뿐만 아니라 너덜지대라 조심조심 접근해야 한다. 하지만 바위를 덮고 있는 이끼와 깎아지른 암벽 사이로 흐르는 폭포수를 바라보노라면 피로가 싹 가실 것이다.

이끼폭포에서 왼쪽 능선을 따라 소머리바위(우두봉-우두능선) 능선으로 올라가는 등산로 역시 불확실하다. 급경사지대로 비탈길을 올라가야 하는데 돌이 떨어지는 낙석 구간이라 위험하다. 그러므로 여러 명이 산행할 경우 조금 떨어져서 간격을 유지하며 걸어야 한다.

소머리바위(우두봉)에 올라서면 운문산 북릉 경관을 한눈에 볼 수 있다. 독수리바위, 하마바위, 천문지골, 옹강산, 문복산, 지룡산……! 탁 트인

이끼폭포

운문산 비경을 감상할 수 있는 곳
으로 힘겹게 찾아온 보람을 느낄
수 있다.

  소머리바위에서 운문지맥의 주
능선에 올라서면 상운암 방향으
로나 아쉬운 릿지, 딱밭재를 지나
범봉, 팔풍재, 억산으로 이어지는
등산로와 연결된다. 하산은 여러

이끼폭포 옆 무명폭포

방면으로 길이 열려 있어 석골사를 기점으로 하여 내려서면 처음 출발 지점에 도착하게 된다.

소머리바위에 서서 시 한 수를 낭송해 본다.

나는 아무래도 산으로 가야겠다.
나는 아무래도 산으로 가야겠다.
그 외로운 봉우리와 하늘로 가야겠다.
묵직한 등산화 한 켤레와, 피켈과 바람의 노래와
흔들리는 질긴 자일만 있으면 그만이다.
산허리에 깔리는 장밋빛 노을 또는
동트는 잿빛 아침만 있으면 된다.
나는 아무래도 산으로 다시 가야겠다.
혹은 거칠게 혹은 맑게
내가 싫다고 말 못 할 그런 목소리로
저 바람소리가 나를 부른다.
흰 구름 떠도는 바람 부는 날이면 된다.
그리고 눈보라 속에 오히려 따스한 천막 한 동과
발에 맞는 아이젠 담배 한 가치만 있으면 그만이다.
나는 아무래도 다시 산으로 가야겠다.
떠돌이의 신세로 칼날 같은 바람이 부는 곳
들새가 가는 길 표범이 가는 길을 나도 가야겠다.
껄껄대는 산사나이들의 신나는 이야기와
그리고 기나긴 눈 벼랑길이 다하고 난 뒤의 깊은 잠과
달콤한 꿈만 내게 있으면 그만이다.
(존 메이스의 「Sea Fever」를 김장로 선생이 패러디한 글이다.)

▲ 찾아가는 길

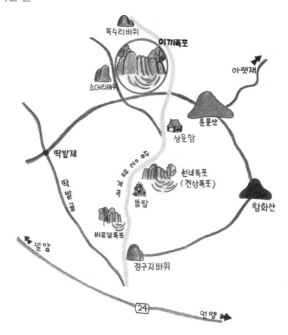

| 승용차 |

• 언양 – 석남사 – 남명리(삼양리) – 석골마을 표지석 – 석골사 주차장 – 상운암 – 이끼폭포
  승용차로 석골사 계곡 입구까지 올라갈 수 있다.

| 시외버스 |

• 석골사 주차장(1.9km-40분) – 정구지바위(2.2km-1시간 30여 분) – 운문산(0.2km-10분) – 상운암
  갈림길(0.3km-20분) – 이끼폭포(0.7km-30분) – 소머리바위(1.7km-50분) – 딱발재(0.6km-20분)
  – 범봉(2.8km-1시간 30분) – 석골사 주차장 – 상운암 – 이끼폭포

▲ 주변 먹을거리와 숙박 안내

• 얼음골 한옥펜션(대표-김미옥): 055-356-3596, HP: 018-563-3122
• 남명리 부근에 여러 식당이 성업 중
  주요메뉴: 오리불고기, 닭백숙, 메기매운탕, 산채비빔밥, 해물파전, 동동주 등

운곡폭포 雲谷瀑布

위치: 경상남도 밀양시 산내면 운곡리
크기: 높이 약 40m , 소(沼)의 둘레 약 10m

운곡폭포는 북암산과 수리봉 사이의 골짜기에 있다. 옛사람들은 폭포가 있는 이 골짜기를 운곡방골(雲谷方骨)[1]이라 하였다. 사람들 발길이 많이 닿지 않은 자연 그대로의 모습과 청량함을 간직하고 있으나 겨울철 건기에는 계곡물이 거의 없는 것이 아쉽다. 여름철 우기에는 가파른 계곡을 타고 흐르는 물의 양이 많아 멀리서 바라만 보아도 감탄이 절로 나온다.

운곡폭포는 4단 형태의 직폭과 와폭을 동시에 감상할 수 있다. 울산에서 밀양 방면 24번 국도를 타고 가다보면 야촌마을이 나온다. 비가 많이 온 뒤 야촌마을 쪽을 바라보면 마을 뒤편으로 물줄기를 볼 수 있을 것이다.

운곡폭포는 가인계곡과 인접하고 있어 여름 산행지로 적합하다. 울산, 부산, 양산, 경주에 사는 사람들은 마음만 먹으면 언제든지 찾아갈 수 있는 곳으로 하루의 피로를 풀기에 충분하다.

운곡폭포를 감상한 뒤 계속 산행을 하려면 첫 번째는 폭포 위로 거슬러 올라가는 방법이 있다. 등산로가 희미하고 사람들 발길이 뜸한 곳이라 산행하기가 어려우나 문바위나 사자바위로 곧장 올라설 수 있는 최단 거리 코스이다.

두 번째는 폭포 위 계곡을 따라 조금 오르다보면 우측으로 희미한 등

1) 구름이 골짜기를 받힌다는 뜻으로 운곡좌골(북암산과 문바위)과 운곡우골(수리봉)의 물이 운곡폭포를 만들어내고 그 형상이 멀리서 바라보면 폭포의 물줄기가 마치 구름처럼 보인다.

운곡폭포

산로가 나타나는데, 수리봉(765m)으로 오르는 등산로로 능선길을 따라
문바위-사자바위-억산 방향으로 산행이 가능하다.

세 번째는 운곡폭포 들머리에서 좌측으로 나 있는 등산로를 따라가면

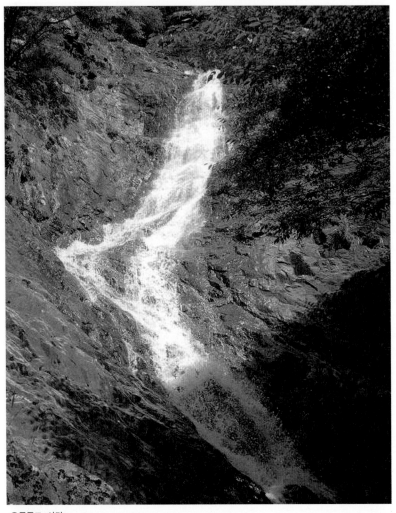

운곡폭포-상단

봉의저수지 옆 인곡산장에서 오르는 등산로와 마주치게 되는데, 이 코스가 초보 산행을 하는 사람들이 가장 많이 이용하는 코스로 북암산(806m)과 연결되는 등산로다.

▲ 찾아가는 길

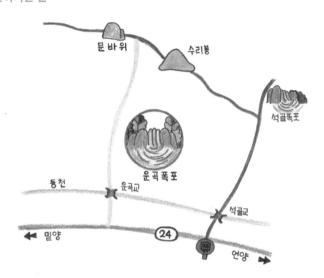

| 승용차 |

• 언양 – 석남사 – 남명리(삼양리) – 석골마을 – 야촌마을 – 운곡마을 – 운곡폭포

| 시외버스 |

• 언양 – 석남사 – 남명리(삼양리) – 석골마을 – 야촌마을(하차) – 운곡마을 – 운곡폭포
• 24번 국도를 따라 언양에서 밀양 방면으로 가다보면 얼음골–남명초등학교–석골마을–야촌마을이 나온다. 야촌마을에 내려서 약 2.5km(30분 정도) 걸어서 운곡마을까지 가야 한다. 승용차로는 야촌마을 입구(다리–운곡교)까지 갈 수 있다.

▲ 주변 먹을거리와 숙박 안내

• 인골산장: 055-353-6531 | 냉동고기는 취급하지 않는다. 야채를 섞지 않고 고기만으로 요리한다. 양념으로만 버무린 오리불고기가 일품이다.
• 석남사 입구: 시인과 촌장: 052-264-4707 | 비빔밥, 항아리수제비, 전통차, 장떡, 민속주
• 가지산 탄산유황온천: 052-254-2216 | 울산광역시 울주군 상북면 덕현리
• 석남사산장: 052-264-5300

음곡폭포 陰谷爆布

위 치: 경상남도 밀양시 산내면 하양리(하양리계곡)
크 기: 높이 약 40m, 소(沼)의 둘레 약 3m

운문산 음곡폭포(陰谷爆布)는 하양폭포라 불리기도 하며, 운문산 남쪽 해발 700m 지점에 있다. 운문산과 함화산 남쪽 사면에서 발원한 물줄기가 하양천을 타고 내리다가 급경사를 만나 폭포를 만들어낸다. 하양마을회관에서 폭포까지는 약 2km 거리로 1시간 정도 소요된다. 음곡폭포는 등산로에서 약간 벗어난 지점에 있어 길 찾기가 어려우므로 주의해서 찾아가야 한다.

본래 운문산 음곡폭포는 이름 없는 무명폭포이다. 마을 어르신들도 폭포에 대한 이야기는 잘 모르고, 물줄기가 흐르는 바위에 대해서만 알고 있었다. 어른들은 그 바위를 '보지 방구'라는 재미있는 이름으로 불렀다고 한다. 얼른 들어도 여성의 음부를 가리키는 이름으로 출산과 관련 있을 거란 생각이 들었다. 필자는 이런 지명을 지면으로 내는 것이 부담스러워서 글귀를 빼려고 했으나 전해 내려오는 이야기를 피력하려니 이 이름을 사용하지 않을 수가 없다.

하양마을에는 오래 전부터 내려오는 풍습이 있다고 한다. 이 마을에서 혼인을 한 신혼부부들은 폭포가 흐르는 바위를 찾아가 돌을 던진다는 것이다. 부부가 돌을 던져 돌이 굴러 내려오면 딸을 낳고, 돌이 굴러 내려오지 않으면 아들을 낳는다는 재미있는 풍습이 그것이다. 초야를 치른 신혼부부들은 열 달 후에 낳을 아들, 딸의 성별을 구분해 주는 영험한 바위라

음곡폭포 상단

음곡폭포 하단

며 이 바위를 신비하게 여겼다고 한다.

이 마을 이장 어르신도 전설대로 처음엔 돌을 던졌으나 돌이 굴러 내려와서 첫아이는 딸을 얻었고, 두 번째 돌은 굴러 내려오지 않아 아들을 얻었다고 한다.

음곡폭포는 근래 운문산을 오르는 일부 산꾼들에 의하여 하양폭포로 불리고 있다. 하양마을 뒤편 계곡에 있으니 하양폭포로 불러도 되겠으나, 이 마을 풍습을 고려하여 음곡폭포라 부르는 것이 좋을 것 같다.

음곡폭포는 2단 폭포인데 하단은 약 10m 높이 직폭이고, 상단은 약 30m 높이 직폭과 와폭을 겸한 폭포이다. 수직 바위 절벽을 따라 물줄기가 떨어지는 풍경이 장관이지만 상단폭포는 암벽을 타고 올라가야 하므로 접근하기가 곤란하다.

음곡폭포 상단

2단 폭포 양옆으로는 바위이끼, 부처손, 일엽초, 바위채송화를 비롯한 음지에서 자라는 식물들이 싱싱하게 자라나고 있다.

음곡폭포에서 좌측 등산로를 따라 올라보면 제법 가파른 길이 연속되지만 길을 잃을 염려는 없다. 폭포에서 운문산까지는 약 1.8km로 1시간 정도 소요된다.

운문산은 가지산과 아랫재를 사이에 두고 이

음곡폭포

어져 있다. 서쪽으로는 억산과 연결되는 운문정맥의 최고봉이어서, 정상에서 서면 장대한 조망을 즐길 수 있다. 가지산에서 동남으로 뻗은 지맥이 능동산에서 서남향으로 방향을 바꾸어 천황산까지 이어지는 능선과 가지산에서 운문산, 억산으로 이어지는 능선 높이가 서로 엇비슷한 900~1000m이다. 게다가 두 능선이 알맞은 거리를 두고 한동안 나란히 뻗어가기에 웅장하고 늠름한 풍경을 감상할 수 있는 것이다. 그 사이에 자리 잡은 가인계곡과 구만계곡은 여름 산행지로 각광을 받고 있다.

하산은 원점 회귀도 무난하다. 그러나 가지고 온 차가 없다면 상운암을 지나 석골사 방면으로나 아랫재를 지나 남명리 방면으로 내려가는 것도 좋을 것이다. 아랫재, 심심이계곡, 배너미재, 삼계리 방면과 천문지골로 하산하는 길도 권할 만하다.

▲ 찾아가는 길

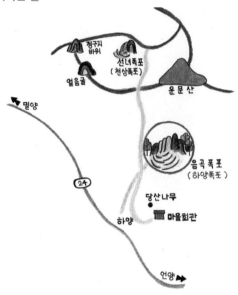

| 승용차 |

• 울산 - 언양 - 밀양 남명초등학교 - 하양지 - 마을회관 - 운문산방 - 능선 - 음곡폭포 - 운문산 정상

| 시외버스 |

• 언양 - 석남사사행 - 밀양 남명리 - 하양지 - 마을회관 - 운문산방 - 능선 - 음곡폭포 - 운문산 정상
• 밀양행 시외버스는 석남사 - 밀양: 1일 12회-휴가철
  08:30 ,09:30,11:00,12:20,13:20,14:20,16:00, 17:40, 18:20, 19:20
  문의 - 밀양시외버스터미널 ARS 1688 - 6007

▲ 주변 먹을거리와 숙박 안내

• 얼음골 한옥펜션(대표-김미옥): 055-356-3596, HP: 018-563-3122
• 남명리 부근에 여러 식당이 성업 중 | 주요메뉴: 오리불고기, 닭백숙, 메기매운탕, 산채비빔밥,
  해물파전, 동동주 등
• 석남터널 부근 쉼터: 포항상회: 018-569-0035 | 잔치국수, 찹쌀수제비, 파전, 동동주 등

석골폭포 石骨瀑布

위치: 경상남도 밀양시 산내면 원서리
크기: 높이 약 10m , 소(沼)의 둘레 약 50m

석골폭포는 천년고찰 석골사 아래에 있다. 주산인 운문산 남서릉과 대비골, 새암터골에서 발원한 물줄기가 이곳 석골폭포로 흘러들면서 높이가 10여 미터, 둘레가 50여 미터나 되는 소를 만들어내고 단장천을 거쳐 밀양댐에 흘러든다. 석골폭포는 언제나 수량이 풍부하여 여름철엔 많은 피서객이 이곳을 즐겨 찾는다.

특히 변화무쌍하고 웅장한 석골사 계곡은 무지개폭포, 선녀폭포, 비로

석골폭포

석골폭포

암폭포를 품고 있으며, 계곡과 어우러진 산봉우리들은 이 방면의 백미(白
眉)라고 부르는 설악산 천불동계곡을 방불케 할 정도다. 또한 석골폭포는
여름 휴가철에 아이들이 물놀이하기 좋은 곳이다.

　석골사가 자리한 함화산(숨花山)은 찬 기류 때문에 꽃을 품기만 하고 다

◆ 석골사(石骨寺)

석골사는 대한불교조계종 제15교
구 본사인 통도사의 말사이다.

석골사

　신라 진흥왕(560년) 비허(備盧)
선사가 창건했다고도 하고, 773
년(혜공왕 9)에 법조(法照)가 창건
했다고도 한다. 비허선사가 작은
암자를 짓고 보양(寶壤)대사와 서
로 왕래하며 수도하였다는 이야
기가 전하므로, 비허선사가 절을 창건하고 법조는 중창한 인물로 추정된다.

　절의 주산(主山)인 함화산은 석동산이라고도 하며 주봉(主峰)인 일출봉 아
래에는 상암(上庵), 혹은 상운암(上雲庵), 함화암(含花庵)이라 불리던 부속 암
자가 있었다고 전해진다.

석골사와 관련된 전설(주지와 상좌에 얽힌 전설)

석골사에 상좌스님과 스승인 주지스님이 있었다. 주지스님은 제자인 상좌
스님보다 인망과 학덕이 못한 것을 항상 불쾌하게 생각하고 있었는데, 상좌
스님과 나란히 걸어가다 상좌스님이 길가 보리밭에서 한창 익어 가는 보리
를 손으로 슬쩍 만져본다는 것이 그만 이삭을 훑어 버리는 것을 보았다. 주지
스님은 기회를 놓칠 세라 지팡이로 머리를 툭툭 치며 영원히 강철이(지나가기
만하면 초목이 다 말라붙는다는 전설상의 독룡)가 되어 죽어라고 주문을 외웠다.

　상좌스님은 주문을 풀어 달라고 애원했으나, 주지스님은 주문을 그치지
않았다. 더 이상 견딜 수 없어진 상좌스님은 원망에 찬 눈초리로 강철이가 되
어 호박소 쪽으로 날아가 버렸다. 옥황상제는 주지스님의 술법으로 상좌스
님이 강철이가 된 줄은 깜박 잊고 주지스님을 먼저 승천시켰다. 물속에 갇힌
강철이는 억울함을 누르고 승천하기 위해 부처님의 공덕을 열심히 닦기 시
작했다. 그로부터 1년 뒤 보리가 익어갈 무렵, 강철이는 옥황상제에게 승천

시켜 줄 것을 간청했지만, 옥황상제는 찻값을 더 치러야 한다며 강철이를 외면해 버렸다. 화가 난 강철이가 몸부림을 치며 떠다니니 곳곳에 번개가 치고 우박이 쏟아져 농작물을 수확할 수 없게 되었다. 승천할 수 없는 강철이의 억울함으로 해마다 보리가 익을 무렵이면 몸부림이 시작되었고, 강철이가 날아다니는 곳에는 우박이 쏟아져 농작물의 피해가 많아졌다. 강철이가 살던 이곳이 호박같이 생겼다고 해서 호박소 또는 구연이라 부른다. 이곳에는 조선시대에는 가뭄이 들 때마다 밀양부사가 몸소 이곳을 찾아와서 기우제를 지내며 단비가 내리기를 기원했다고 한다.

피우지 못한다는 데서 붙여진 이름이라고 전한다. 한자로 산 이름을 보면 함(含)은 품을 함, 화(花)는 꽃 화이니 이해가 쉬울 것이다.

1735년(영조11) 석골사를 중창한 이가 함화(含花)스님이기에 함화산(含花山)이라 불렀다는 설도 있다. 정상 부근에 있는 석골사 부속 암자인 상운암(上雲庵)을 함화암(含花庵)이라고도 불렀다 하니 산과 절의 깊은 관계를 짐작할 수 있다.

석골폭포와 석골사를 둘러본 뒤 계속 산행을 하려면 상운암 계곡과 운문산, 수리봉, 억산 방면으로 산행이 가능하다. 특히 상운암까지 이어지는 계곡은 밀림지역을 연상할 만큼 숲으로 우거져 있다. 또한 계곡을 따라 크고 작은 폭포가 많아서 여름철 폭포 답사 코스로도 손색이 없다. (여기서 비로암폭포까지는 30여 분 소요된다.)

▲ 찾아가는 길

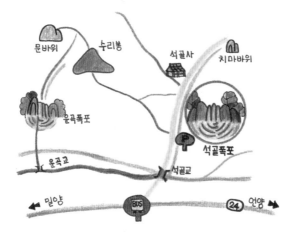

| 승용차 |

• 언양 – 석남사 – 남명리(삼양리) – 석골마을 표지석 – 석골사 앞 주차장 – 석골폭포
  승용차는 석골사(계곡) 입구까지 올라간다.

| 시외버스 |

• 24번 국도를 따라 언양에서 밀양 방면으로 가다보면 얼음골 – 남명초등학교 – 석골마을 원서리
  에 내려, 약 2km 정도(20여 분) 걸어서 들어가야 한다.

▲ 주변 먹을거리와 숙박 안내

• 석남사 입구: 시인과 촌장: 052-264-4707 | 비빔밥, 항아리수제비, 전통차, 장떡, 민속주
• 포항상회(석남터널): 018-569-0035 | 잔치국수, 찹쌀수제비, 파전, 동동주 등
• 가지산 탄산유황온천: 052-254-2216 | 울산광역시 울주군 상북면 덕현리
• 도시락을 준비해야 한다.

이목소 離目沼

위치: 경상북도 청도군 운문사 경내 극락교 아래
크기: 소(沼)의 둘레 약 40 ~ 50m, 깊이 약 3m

이목소(離目沼)는 운문사 경내 극락교 아래에 있다. 옛날에는 사방이 100m가 넘고 깊이를 측정 할 수 없는 큰 연못이었다고 전해진다. 이 연못(웅덩이)에는 10세기 중반 운문사를 중창한 보양국사와 서해 용왕의 아들 이목(離目)의 전설이 전해져 온다. 일연스님이 이 절에서 집필을 시작한 『삼국유사』에 기록된 이야기다. 당시 전설을 뒷받침해 주듯이 지금도 이목소는 홀연히 그 자리를 지키고 있다.

　운문사는 최근 운문사 입구에서 사리암(邪離庵)[1] 주차장까지 둘레길이

이목소 –운문사 맞은편(청도군 운문면 신원리 절골)에 있는 소로 깊이 1미터, 둘레 10여 미터의 웅덩이

조성돼 있다. 소나무 숲, 계곡물과 어우러진 길은 한적해서 산책하기가 좋다. 하루 일정으로 다녀올 수 있으며, 2~3시간 정도 걷는 가족 단위의 산책 및 탐방길로도 안성맞춤이다.

운문사 극락교

운문사는 북대암, 청신암, 내원암, 사리암 등 이름 난 암자를 두고 있다. 암자마다 기도 도량으로 이름나 있으며 그 나름의 특색이 있다. 특히 운문사 사리암은 나반존자(那畔尊者)의 기도 도량으로 1년 내내 수많은 불교 신자들이 찾아온다. 사리암 주차장

1) 경북 청도군 운문사에서 동남향으로 약 4km 지점에 위치. 나반존자(那畔尊者)의 기도도량으로 널리 알려져 있다. 사리암은 삿된 것을 여읜다는 뜻임.

◆ 운문사(雲門寺)

운문사는 경상북도 청도군 운문면 신원리 호거산에 있는 사찰로, 대한불교조계종 제9교구 본사인 동화사의 말사이다.

운문사 처진 소나무_ 경상북도 청도군 운문사에 있는 소나무이다. 천연기념물 제180호로 지정되어 있다

신라 진흥왕 21년(560년)에 한 신승이 창건하였고, 608년(진평왕 30)에 원광국사가 제1차 중창하였다. 원광국사는 말년에 가슬갑사에 머물며 일생 좌우명을 묻는 귀산과 추항에게 세속오계(世俗五戒)를 주었다고 한다.

제2차 중창은 당나라에서 유학하고 돌아와 후삼국의 통일을 위해 왕건을 도왔던 보양(寶壤)이 오갑사(五岬寺)를 중창하였다. 943년 고려 태조 왕건은 보양의 공에 대한 보답으로 운문선사(雲門禪寺)라 사액하고 전지(田地) 500결을 하사하였다. 제3차 중창은 1105년(고려 숙종 10) 원응국사가 송나라에서 천태교관을 배운 뒤 귀국하여 운문사에 들어와 중창하고 전국 제2의 선찰로 삼았다. 조선시대에는 임진왜란 때 당우 일부가 소실되었다. 1690년 (숙종 16) 설송(雪松)대사가 제4차 중창을 한 뒤 약간의 수보(修補)가 있어 왔다. 1907년 운악(雲岳)대사가 제5차 중창을 1912년 긍파(肯坡)대사가 제6차 중창을 하였다. 1913년 고전(古典)선사가 제7차 수보하였고, 비구니 금광(金光)선사가 제8차 수보를 하였다. 1977에서 98년까지 명성스님이 주지로 있으면서 대웅보전과 범종루와 각 전각을 신축, 중수하는 등 경내의 면모를 한층 일신하였다. 현재는 30여 동의 전각이 있는 큰 사찰로서 규모를 갖추었다. 운문사는 1958년 불교정화운동 이후 비구니 전문강원이 개설되었고, 1987년 승가대학으로 개칭되어 승려 교육과 경전 연구기관으로 수많은 수도승을 배출하고 있다.

에서 동북 방향으로 흐르는 학심이골은 청정 지역으로 이름나 있다. 운문사를 기점으로 지룡산, 복호산이 있으며 천문지골, 못골, 심심이계곡이 운문산과 가지산으로 이어진다.

▲ 찾아가는 길

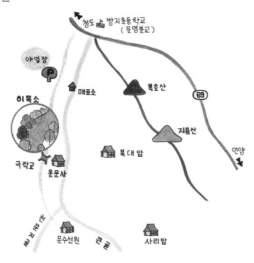

| 승용차 |

• 언양 – 석남사 방향(24번 국도) – 운문령 – 삼계리 – 운문사 – 이목소

| 시외버스 |

• 언양 – 운문령 – 삼계리 – 운문사 입구(하차) – 운문사 – 이목소
• 언양 시외버스터미널에서 대구행 완행버스를 타면 운문사 삼거리(방지초등문명분교)까지 갈 수 있다. 오전 9시, 10시 30분 등 하루 5회 출발한다. 운문사 삼거리(방지초등 문명분교) 앞 버스정류소에서 언양행 버스는 오후 2시 30분, 5시 25분(막차) 등에 있다. 40분 소요된다.

▲ 주변 먹을거리와 숙박 안내

• 삼계리 길 주변에 포장마차 형태의 음식집과 가든이 영업 중이며, 하산 후 뒤풀이 겸 하산주 한잔으로 하루의 회포를 풀기에 안성맞춤인 곳이다.
• 청도별장가든: 054-372-1217 • 칠성슈퍼: 054-371-5287
• 물레방아가든: 054-372-0885, 대표 HP: 010-3804-0453 | 오리불고기, 닭백숙, 메기매운탕, 산채비빔밥, 해물파전, 동동주 등
• 운문산 자연휴양림 | 휴양림 관리사무소 054-371-1323 | 경북 청도군 운문면 운문로 763 | 이용시간: 당일 15:00~익일 12:00 | 수용인원: 최대 1,000명/일, 최적 500명/일

무지개폭포 鶴巢臺瀑布

위치: 경상남도 밀양시 산내면(새암터골)
크기: 높이 약 20m, 소(沼)의 둘레 약 10m

무지개폭포[1]는 석골사 뒤편 흰덤바위봉(732m) 능선 좌측 깊은 골에 숨어 있다. 억산 남서 방향에서 발원한 물줄기가 '새암터골'로 흐르면서 바위 와 암반으로 형성된 협곡을 만들어낸다. 협곡 주변은 급경사가 심해 가

무지개 1폭포

1) 석골사 뒤편 산 7부 능선에 있는 폭포다. 일명 '새암터골'에 형성된 폭포로 1폭포는 무지개폭 포, 2폭포는 선녀폭포, 3폭포는 나무꾼폭포로 불리며, 폭포 하단에 물이 떨어지면서 퍼진 물보라 가 무지개를 형성한다고 해서 붙여진 이름이다.

파르지만 경치는 빼어나다.

무지개폭포로 가려면 숨은그림찾기 하듯 세심한 주의를 기울여야 한다.

석골사 뒤편 등산로를 따라 30여 분 가다보면 계곡이 둘로 나누어지는 지점에 도착하게 된다. 계곡 왼쪽을 따라 올라가다가 옛 숯가마터가 나타나면 오른쪽 계곡을 따라 30분정도 올라가야 한다. 가다보면 계곡이 좁아지며 협곡이 나타나는데 그 우측에 폭포가 있다.

무지개 2폭포(선녀폭포)

폭포는 겨울철에는 잘 보이지만 여름철에는 나뭇잎에 가려져 잘 보이지 않는다. 자칫하면 등산로를 이탈하여 애를 먹을 수도 있다. 필자도 처음 무지개폭포를 찾으러 갔다가 자욱한 안개가 시야를 가려 주변을 맴돌며 한참을 헤맨 경험이 있다.

무지개폭포는 여름 우기(雨期)에는 그 높이만도 100여 미터를 이룬다. 장엄한 물줄기가

무지개 3폭포(나무꾼폭포)

마치 이 골짜기에 숨어 지내던 천년 묵은 이무기가 무지개폭포를 타고 억산(億山) 방향으로 승천(昇天)하는 느낌을 준다.

1폭포에서 2폭포를 보기 위해서는 우측으로 길 없는 곳을 치고 오르든지, 아니면 왔던 길을 50여 미터 돌아나와 좌측 비탈길을 따라 우회하여야 한다. 1폭포에서 2폭포(선녀폭포)까지는 계곡 따라 100여 미터 올라가야 한다. 2폭포에서 3폭포(나무꾼폭포)까지는 다시 100여 미터 올라가야 하는데, 가팔라서 곳곳에 위험이 도사리고 있으니 조심스럽게 산행해야 한다.

3폭포(나무꾼폭포)에서 급경사 지대를 40여 분 오르다보면(길 표시가 거의 없음) 완만한 능선길에 올라서게 된다. 능선길에서 우측으로 10여 분 나아가면 석골사 뒤편에서 올라오는 등산로(흰덤바위봉 능선)와 만나게 된다. 등산로는 차츰 완만한 길로 접어든다. 이곳에서 억산 방면이나 석골사 방향으로 산행을 할 수도 있다. 체력이 허용한다면 억산, 문바위를 지나 가인 계곡으로 산행을 즐길 수도 있다.

▲ 찾아가는 길

| 승용차 |
• 언양 – 석남사 – 남명리(삼양리) – 석골마을 표지석 – 석골사 앞 주차장 – 무지개폭포
  승용차는 석골사 계곡 입구까지 올라간다.

| 시외버스 |
• 24번 국도를 따라 언양에서 밀양 방면으로 가다보면 얼음골–남명초등학교–석골마을 원서리가 나온다. 원서리에 내려, 석골사(石骨寺)까지는 약 2.2km(20분정도) 걸어서 가야 한다. 승용차는 석골사 계곡 입구까지 간다.

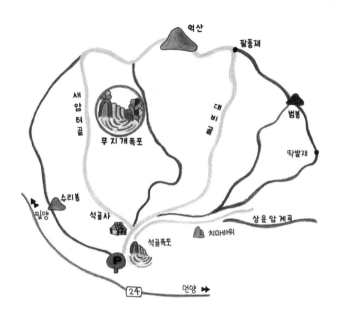

▲ 주변 먹을거리와 숙박 안내

• 도시락을 준비해야 한다.
• 아이스밸리 리조트: 055-356-7139/7140 | 밀양시 산내면 남명리 1-5번지 | 편의시설: 냉장
  고, TV, 무료 음료수, 옷장, 세면도구, 한식당, 레스토랑 | 입실 14:00~ 퇴실 12:00
• 석남사 입구: 시인과 촌장 | 052-264-4707 | 비빔밥, 항아리수제비, 전통차, 장떡, 민속주
• 석남터널 부근 여러 개의 식당이 성업 중
• 포항상회: 018-569-0035 | 잔치국수, 찹쌀수제비, 파전, 동동주 등

못골폭포

위치: 경상북도 청도군 운문산 못골 우측능선(해발 600m)에 위치
크기: 높이 약 60~70m

범봉(962m)과 904m봉 사이에서 발원한 물줄기는 못골폭포를 만든 뒤, 큰골에서 학심이골과 심심이골에서 흘러내리는 물과 합류되어 운문천으로 흘러간다. 못골폭포는 못골을 따라 오르다보면, 해발 600m 부근에 급경사를 이루며 서 있다. 못골폭포는 못안골에 있다 하여 못안폭포라고도 부른다.

폭포까지 이어지는 등산로는 몇 구간을 제외하곤 길이 거의 없다. 폭포를 찾아가려면 들머리인 청수탕 합수점 지점에서 계곡 우측을 따라 오르면 된다. 바위를 타고 때론 우회하면서 가야 한다. 20여 분 가다보면 우측으로 난 등산로를 발견할 수 있다. 등산로는 끊어졌다 이어졌다를 반복하며 연결되어 있다. 한참을 오르다보면 옛날 천문지골과 못골에서 산판(나무를 찍어 내는 일)을 하면서 나무를 나르던 옛길을 만난다. 등산로는 상당히 위험해서 단단히 마음먹고 올라야 한다. 들머리에서 1시간 뒤 못골 제1폭포가 암벽 사이로 그 모습을 드러낸다.

폭포 가까이 접근하기 위해서는 계곡 아래로 내려가야 한다. 계곡은 60~70도의 아슬아슬한 자갈길이다. 발이 닿으면 돌은 살아있는 것처럼 사정없이 낭떠러지로 곤두박질친다. 순간 등골이 오싹해진다.

가파른 너덜길을 내려서면 제1폭포가 나타난다. 1폭포는 2단 형태의 직폭과 와폭으로 상단과 하단으로 구분된다. 상단은 약 10m 정도, 하단

못골폭포

못골 제1폭포

못골 제2폭포

은 5m쯤 돼 보인다.

제2폭포로 가기 위해서는 갔던 길을 다시 돌아나와야 한다. 폭포 위로는 로프 설치 없이 올라갈 수 없기 때문이다. 제2폭포까지는 아슬아슬한 비탈길을 따라가면 된다. 여러 번 산행 경험 있는 산객이라면 별 무리가 없을 것 같으나 초보 산행자는 조심하면서 올라가야 한다.

사람들은 제2폭포가 나타나면 절로 눈이 휘둥그레진다. 약 30m의 직폭과 5~10m의 와폭이 어우러져 그 장엄함에 놀라지 않을 수 없다. 절구통과 같은 화강암 암반 위로 휘날리는 물줄기는 영남

못골폭포-빙폭

산행도중 발견한 풍혈동굴(風穴洞窟)

알프스 최대의 폭포임을 자랑할 만하다. 급경사로 인하여 폭포 위에서 아래 경관을 구경하기가 어렵다. 폭포 주변에서 진행 방향으로 산행을 계속하려면 70~80도의 비탈을 타야 하기 때문에 안전에 신경써야 한다.

이곳에서 왼쪽 등산로로 가면 범봉 북릉으로 가게 되고, 오른쪽 등산로로 가면 호거대 능선과 이어지는 범봉의 전진봉인 904m봉으로 가게 된다. 가지고 온 차가 없다면 범봉에서 여러 방향으로 하산이 가능하다. 등산객들은 주로 억산 북릉 코스를 주로 이용하는 편이다.

▲ 찾아가는 길

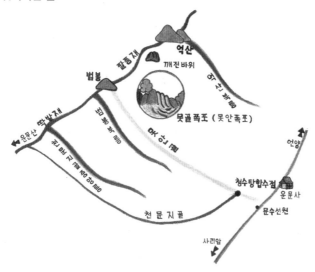

| 승용차 |

- 언양 – 석남사 방향(24번 국도) – 운문령 – 삼계리 – 운문사 – 문수선원 – 못골횡단 – 못안골 – 청수
  탕 – 못골폭포 – 지능선 – 904m봉 – 범봉(954m) – 범봉 북릉

| 시외버스 |

- 언양 – 운문령 – 삼계리 – 운문사 입구(하차) – 운문사 – 문수선원 – 못골횡단 – 못안골 – 청수탕 –
  못골폭포 – 지능선 – 904m봉 – 범봉(954m) – 범봉 북릉
- 언양 시외버스터미널에서 대구행 완행버스를 타면 운문사 삼거리(방지초등문명분교)까지 갈 수 있
  다. 오전 9시, 10시30분 등 하루 5회 출발. 운문사 삼거리(방지초등 문명분교) 앞 버스정류소에서
  언양행 버스는 오후 2시 30분, 5시 25분(막차) 등에 있다. 언양에서 운문사까지 40분 정도 소요
  된다.

▲ 주변 먹을거리와 숙박 안내

- 도시락을 준비해야 한다.
- 청도별장가든: 054–372–1217 ・ 칠성슈퍼: 054–371–5287
- 물레방아가든: 054–372–0885, 대표 HP: 010–3804–0453 | 오리불고기, 닭백숙, 메기매운
  탕, 산채비빔밥, 해물파전, 동동주 등

가인폭포

위치: 경상남도 밀양시 산내면 인곡리(가인계곡)
크기: 높이 약 6m, 소(沼)의 둘레 약 10m

가인계곡은 밀양 억산(954m)과 북암산(894m), 문바위(875m)에서 발원한 물줄기가 합수(合水)되어 빚어내는 천혜의 비경이다. 가인계곡은 밀양 산내면 가인동 인곡리에 위치해 있고, 계곡 길이는 약 7.4km에 이른다. 아직 외부에 잘 알려지지 않은 청정지역이라 계곡 군데군데 거대한 바위와 반석들이 어우러져 만들어낸 폭포와 소는 깨끗하고 아름답다.

가인계곡은 봉의저수지 뒤편 지류(支流)에서 시작되는데, 아름다운 소와 담이 많아 구만산 통수골 계곡을 오를 때처럼 계곡 트래킹을 해볼 만하다. 계곡의 아름다움은 쌍폭포와 공 모양의 바위 앞 소에서 절정을 이루며 완급을 조절하다 가인폭포에서 절정을 이룬다.

가인폭포는 폭포 중앙에 커다란 바위덩어리가 굴러와 계곡의 양쪽을 갈라놓는 형상이라 학심이골의 쌍폭포와 닮았다. 6m 높이의 물줄기는 처음 두 줄기로 흐르다가 합수되면서 10여 미터의 큰 소를 만들어낸다.

가인폭포는 평상시에는 물의 양이 많지 않지만 우기(雨期)에는 그 모습이 확연히 달라진다. 바위를 삼켜 버릴 듯 세차게 흘러내리는 물줄기는 폭포 옆 또 다른 암벽에서 흘러내리는 물줄기와 더불어 장엄한 풍경을 만들어낸다. 가인계곡의 아름다움에 취해 한발 한발 옮기다보면 '구만산 3.5km, 억산 4.6km'라 쓰여 있는 이정표가 있는 갈림길에 도착하게 된다.

여기에서 좌측으로 난 길을 택하여 능선길로 올라서면 봉의저수지 삼

가인폭포

가인계곡의 쌍폭

거리 길과 만나게 되고, 계곡을 따라 올라가면 가인계곡 상류로 올라가게 된다. 상류로 갈수록 계곡은 깊이를 더해 가지만 수량(水量)은 다소 줄어든다. 완만한 계곡과 물길은 선녀탕과 너럭바위까지 이어진다. 너럭바위 부근에서 우측능선을 따라 올라가면 문바위(844m)와 사자봉(924m)로 가는 능선으로 올라갈 수 있는데, 여름 산행시 이 코스는 인골산장, 북암산, 문바위로 이어지는 하산길로 적합하다. 또한 선녀탕 조금 못 미치는 지점에서 운문지맥의 한 구간인 인재 능선으로 올라서는 길이 이어지고, 운문지맥과 이어지는 등산로 와 연결된다. 운문지맥은 운문산, 억산, 구만산, 육화산, 중산, 낙화산, 보두산, 비학산으로 이어진다.

너럭바위에서 억산으로 향하는 길로 걸음을 재촉하면, 길은 계곡과 떨어졌다 이어졌다를 서너 차례 반복하다가 20여 분 뒤 임마누엘기도원에 도착하게 된다. 가인계곡 산행은 대부분 이곳에서 마무리되는데, 산행을 계속 이어가려면 억산과 구만산을 거쳐 하산하는 코스를 선택하면 된다.

가인계곡 공 바위부근 소

가인계곡 – 너럭바위

가인계곡 선녀탕

임마누엘기도원에서 억산까지는 2.3km, 봉의저수지까지는 4.1km, 구만산까지는 1.7km로 시간과 체력이 허용한다면 다양한 코스로 산행해 보길 권한다. 산행의 즐거움을 만끽할 수 있을 것이다.

▲ 찾아가는 길

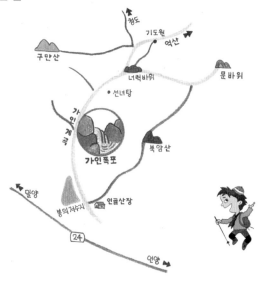

| 승용차 |

• 울산 – 석남사 – 밀양 남명초등학교 – 인곡마을회관 – 봉의저수지 – 가인계곡 들머리 – 가인폭포

| 시외버스 |

• 울산시외버스 – 석남사행 버스이용 – 밀양 방면 시외버스 – 인곡마을 버스정류장 하차 – 인곡마을 회관 – 봉의저수지 – 가인계곡 들머리 – 가인폭포
• 언양에서 밀양으로 가다가 산내면 남명초등학교 를 지나 인곡마을회관까지 간다.
• 인골산장에서 구만산 입구인 가라마을까지는 택시(055-352-7550, 011-488-6104)를 이용하면 된다.

▲ 주변 먹을거리와 숙박 안내

• 인골산장: 055-353-6531 | 주요 메뉴: 버무린 오리불고기, 백숙이 별미
• 구만산장 펜션: 055-353-6091 | 대표(조천해): 010-4876-5535
• 석남사 입구: 시인과 촌장: 052-264-4707 | 비빔밥, 항아리수제비, 전통차, 장떡, 민속주

구만폭포 九萬瀑布

위치: 경상남도 밀양시 산내면 봉의리 구만산계곡
크기: 높이 약 60m 직폭 , 소(沼)의 둘레 약 50m

구만폭포는 통수골에 있다. 구만산(785m)과 흰덤봉(697m) 사이에 발원한 물줄기가 8km가 넘는 골짜기로 흘러들면서 구만폭포를 일구어낸 것이다. 벼락듬이, 아들바위, 상여바위, 병풍바위 등 천태만상의 기암과 넓은 암반, 곳곳에 자리 잡은 소와 담은 설악산의 천불동과 견줄 만큼 절경이다. 아직까지 전혀 오염되지 않은 청정지역으로, 겨울철 건기 외엔 흐르는 물의 양이 많아 물놀이하기 좋다. 그래서 여름철이면 부산, 양산, 밀양, 울산 인근에서 찾아온 사람들로 계곡은 북새통을 이룬다.

구만계곡은 임진왜란 당시 마을사람 구만 명이 난을 피한 곳이라 하여 붙여진 이름인데, 구만폭포도 그 이름을 따온 것으로 보인다. 폭포 주변은 좁은 계곡이 남과 북으로 뚫려 있다. 그래서 구만폭포에서 물이 떨어지면, 마치 그 소리가 통소 소리처럼 들린다 하여 구만폭포를 '통소폭포'라고도 부른다.

이곳은 통장수가 폭포 왼쪽 벼랑길을 지나다가 발을 헛디뎌 아래로 떨어졌다는 슬픈 전설이 전해져 온다. 지금도 날씨가 흐리고 비바람 치는 날이면, 처자식을 그리워하는 통장수의 애절한 울음소리가 들린다고 한다. 처자식을 남기고 떠나는 그 마음이 오죽했으랴! 아비의 마음을 생각하면 내 마음까지 애잔하다.

구만폭포는 멀리서 바라보면 60여 미터 높은 협곡에서 3단으로 나누

구만폭포

구만폭포-빙폭

어 떨어지는 직폭이다. 그러나 가까이 가보면 아래쪽에 있는 1폭포와 2
폭포만 보이고, 가장 높은 곳에 위치한 3폭포는 잘 보이지 않는다. 3폭포
아래는 절구통 모양의 소가 있기 때문에 1, 2 폭포 아래에서는 3폭포가

통장수가 발을 헛디뎌 떨어졌다는 좁은 길

보이지 않는 것이다.

3폭포의 높이는 10여 미터이고, 소를 이루다 흐르는 물줄기는 8m, 중간에 위치한 2폭포와 가장 아래쪽에 위치한 1폭포는 높이를 합해 42m이다. 폭포 양쪽에 100m가 넘는 바위 절벽이 병풍처럼 폭포를 둘러싸고 있다.

통장수가 떨어져 죽었다는 비좁은 산길을 지나면 등산로는 점차 완만해진다. 이 길은 경

구만폭포 상단 3폭포

상북도 청도군 매전면으로 넘어가는 길인데 구만재와 구만산으로 이어진다.

구만산은 운문지맥의 한 구간으로서 운문산, 억산, 구만산, 육화산, 중산, 낙화산, 보두산, 비학산으로 이어진다. 구만산을 중심으로 오른쪽에는 가인계곡이 있고, 왼쪽에는 구만폭포가 있는 통수골이 있어 여름 계곡 산행지로 각광을 받고 있다.

▲ 찾아가는 길

| 승용차 |
• 울산 – 석남사 – 밀양 산내면사무소 – 양촌마을 – 구만암 – 구만폭포

구만폭포 위에서 아래를 내려다본 풍경   가인계곡(위, 아래)

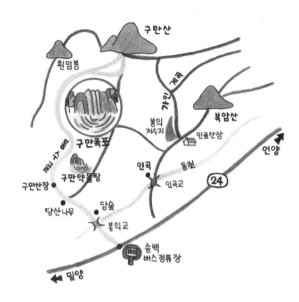

| 시외버스 |

- 울산시외버스 – 석남사 가는 버스 이용 – 밀양 방면 시외버스 – 산내면사무소 – 양촌마을 – 구만
  암 – 철계단 – 갈림길 – 구만폭포
- 언양에서 밀양으로 가다가 산내면 산내초등학교 옆 도로를 따라 구만산장까지 간다.
- 인골산장에서 구만산 입구까지 가라마을 택시(055-352-7550, 011-488-6104)를 이용할 수
  있다.

▲ 주변 먹을거리와 숙박 안내

- 구만산장: 055-353-7252) | 유황오리, 백숙이 별미
- 구만산장 펜션: 055-353-6091, 대표(조천해): 010-4876-5535
- 도시락을 준비해야 한다.

구만약물탕

위치: 경상남도 밀양시 산내면 봉의리(통수골 들머리)
크기: 높이 약 7m , 소(沼)의 둘레 약 5m

구만약물탕은 통수골 입구(철사다리) 부근에 있는 폭포로 구만암과 인접해 있다. 7m 절벽 위에서 떨어지는 약물탕은 구만산(785m)의 전진봉인 738m 봉에서 발원한 물줄기다. 물줄기는 300m나 되는 높은 바위틈 사이로 흘러내리는데, 물이 너무나 차가워 아무리 무더운 여름날이라도 이 물을 맞으면 천하장사도 3분 이상은 버틸 수 없다고 한다.

구만약물탕은 철분과 미네랄이 풍부한 곳으로 유명하다. 옛날 의학이 발달하지 않은 시기에는 울산, 양산, 밀양, 부산 인근 사람들이 피부병을

구만약물탕 옆 폭포

구만약물탕

고치기 위해 약물을 맞으려
고 트럭, 달구지 등을 타고
구만약물탕을 찾기도 했다.
그래서 인근 마을 사람들은
이 폭포를 자랑스럽게 생각
하며 아낀다.

구만산 정상 표지석

　구만약물탕 소는 마치 공
룡 발자국처럼 움푹 파여
있어서 마을 사람들 중 일
부는 공룡이 이 계곡에 서
식하였다고 말하기도 한다.
그러나 최근에 폭포 옆으로
나무계단이 설치되면서 구
만약물탕의 옛 모습은 사라
져버렸다. 구만약물탕에서
구만폭포까지는 1시간 정
도 소요된다.

구만약물탕 옆 선녀탕

▲ 찾아가는 길

| 승용차 |
• 울산 – 석남사 – 밀양 산내면사무소 – 양촌마을 – 구만암 – 구만약물탕

| 시외버스 |
• 울산시외버스 – 석남사행 버스 이용 – 밀양 방면 시외버스 – 산내면사무소 – 양촌마을 – 구만암 –
　구만약물탕

- 구만폭포 주차안내소 011-573-9460.(주차요금 1일 3천원)
- 인골산장에서 구만산 입구인 가라마을 택시(055-352-7550, 011-488-6104)를 이용 가능.

▲ 주변 먹을거리와 숙박 안내

- 구만산장: 055-353-7252~3 | 주요 메뉴: 유황오리, 백숙이 별미
- 구만산장 펜션: 055-353-6091 | 대표(조천해): 010-4876-5535

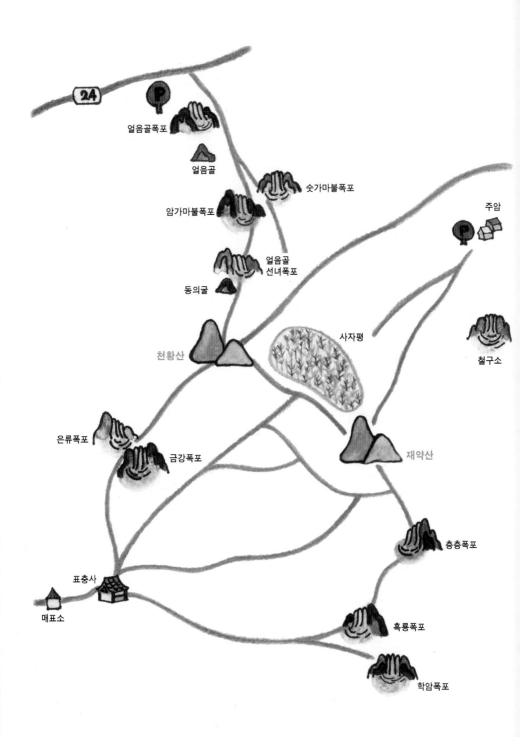

대통골폭포

위치: 울산광역시 울주군 상북면 고헌사 대통골
크기: 높이 약 5~7m , 소(沼)의 둘레 약 5m

대나무 홈통을 닮았다는 대통골 골짜기! 고헌산(1033m)에서 발원한 물줄기가 대통골로 흘러들면서 고헌산 주계곡 폭포와 크고 작은 폭포들을 연이어 만들어낸다. 여름철 대통골은 원시림에 가까울 정도로 숲이 울창하며 상류로 올라갈수록 수량은 많아진다.

바위와 암반 위로 흘러내리는 물길은 상류로 올라갈수록 더욱 거세져 폭포의 경관들은 매우 아름답다. 마치 대나무 홈통 위로 명경지수(明鏡止

대통골 2폭포

대통골 1폭포

水)가 흘러내리는 것 같다.

　고헌산 주계곡 대통골폭포는 계곡 등반으로 이름 나 있어 인근 울산, 양산, 부산의 계곡 등반 마니아들이 즐겨 찾는 곳이다. 계곡등반은 마니아들에게는 더할 나위없는 여름 스포츠로 자리 잡은 지 오래 된 일이다. 물길을 타고 계곡을 거슬러 올라가는 것은 상당한 경험이 필요하지만 뜨거운 태양을 피할 수 있어 여름 산행으로 적합하다.

고헌산 정상 표지석

　계곡을 타고 오르기 위해서는 샌들이나 물신이 필요하지만, 나중에 암
벽을 타고 오르려면 릿지화가 꼭 필요하다. 배낭은 물이 스며들지 않도
록 배낭 커버를 씌워야 한다. 휴대폰이나 지갑은 따로 비닐봉지에 넣어둘
필요가 있다. 그리고 복장은 반바지에 반팔이 좋다. 고헌산 주계곡인 대
통골 들머리에서 계곡이 끝나는 지점까지 5~7개의 폭포를 통과하는 데
걸리는 시간은 대략 2시간 30분 정도이다.

　계곡 물길을 타고 폭포를 오르며 계곡 산행의 묘미를 느끼다보면 어느
덧 물길은 점점 줄어들고 계곡 6부 능선 길에 도착하게 된다. 여기까지는
울창한 나무들이 하늘을 가려 햇빛은 거의 볼 수가 없다. 계곡 옆 등산로
를 따라 20~30여 분 오르면 고헌산 정상 조금 못 미치는 지점에 도착하
게 되는데, 최근 영남 알프스 둘레길 조성과 함께 이곳 고헌산도 테라스
형태의 데크(deck)가 설치되어 있다.

　정상에서 조망은 뛰어나다. 가까이는 신불산과 간월산 주능선이 손에
닿을 듯하고, 서쪽으로는 문복산, 북쪽으로는 백운산과 단석산이 멀리는
보현산이 한눈에 들어온다. 울산 시가지와 언양, 상북 마을의 평화로운

모습이 한 폭의 동양화처럼 펼쳐진다.

하산 길은 여러 곳으로 열려 있다. 가지고 온 차를 감안하지 않으면 외황재를 거쳐 운문령, 가지산 석남터널 방향으로도 산행을 이어갈 수 있다.

▲ 찾아가는 길

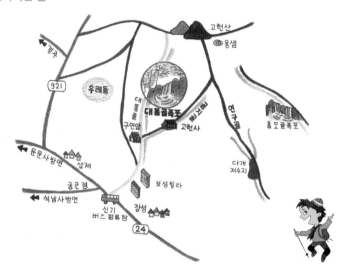

| 승용차 |

• 울산 – 언양 – 궁근정 – 신기마을 입구 – 진우훼밀리아 아파트 – 강산교(다리) – 고헌산 주계곡(대
  통골) 들머리

| 시외버스 |

• 언양 – 석남사행 – 신기마을 입구 – 진우훼밀리아 아파트 – 강산교(다리) – 고헌산 주계곡(대통골)
  들머리

▲ 주변 먹을거리와 숙박 안내

• 혜원한정식: 252-264-5292 | 상북면 궁근정리 498-27번지 | 한정식, 파전, 동동주
• 송학정: 052-254-4342 | 상북면 산전리 926-1번지 | 오곡백숙, 삼계탕, 돌솥정식
• 석남사 입구: 시인과 촌장: 052-264-4707 | 비빔밥, 항아리수제비, 전통차, 장떡, 민속주

홈도골폭포

위치: 울산광역시 울주군 두서면 상·차리(차리 저수지 위)
(상·차리 저수지에서 고헌산 동봉에 이르는 계곡이 홈도골)
크기: 높이 약 10m, 소(沼)의 둘레 약 10m

홈도골폭포는 고헌산(1033m) 용샘(龍泉)[1]에서 발원한 물줄기와 곰지골 능선 865m부근에서 발원한 물줄기가 합류되면서 이루어진 쌍폭으로 아름다운 이끼를 가진 폭포이다. 삼면이 험상궂은 기암절벽으로 에워싸인 협곡으로 한가운데 절벽을 중심으로 좌우측에서 물이 흘러내린다. 폭포

홈도골폭포

1) 고헌산 산정에는 용샘(龍泉)이라는 우물이 있어 이 높은 곳에서 부정을 피하고 하늘과 산신과 비를 다스리는 용신에게 정성껏 비를 빌었다. 울산근교에는 기우제를 지냈다는 이야기가 있는데, 고헌산의 경우 용샘에서 지냈다는 이야기가 있다.

홈도골폭포-좌측폭포　　　　　　　　홈도골폭포-우측폭포

높이는 대략 10m 쯤 되어 보인다. 좌측폭포가 우측폭포보다 다소 높다. 여름에는 차리 저수지에서 고암사[2]까지 계곡산행을 겸한 물타기를 해볼 만하다. 하지만 계곡에 이끼가 많이 끼어 미끄럽기 때문에 조심스럽게 올라가야 한다.

　홈도골폭포 물줄기는 홈도골을 따라 차리 저수지로 흘러내린다. 차리 저수지가 조성되기 이전에는 마을 옆으로 흘렀다고 한다. 예로부터 차리 마을 사람들은 '아름다운 폭포를 숨기고 있다'며 이웃 마을 사람들에게 자랑했다고 한다. 홈도골폭포는 상-차리 저수지에서 약 20여 분 거리에 위치해 있으므로 마을 사람들이 친숙하게 여겼던 것으로 보인다.

　폭포 옆에 민가가 들어서기 전까지만 하여도 폭포 출입이 순조로웠으나, 지금은 민가에서 출입하는 길을 막아버렸다. 그래서 폭포를 감상하

2) 울산광역시 울주군 두서면 차리 산 168번지에 있는 절.

◆ 고헌산 용샘(龍泉)에 관한 전설

고헌산은 예로부터 이 지역 사람들이 '언양의 진산'이라 숭배하며 성스러운 산으로 인식하던 곳이다. 이것은 지금도 변함이 없어 고헌산 산신령께 빌기만 하면 모든 것을 다 이룰 수 있다고 생각한다.

다개리 마을에서 만난 한 할머니는 "고헌산 산신령이 대단한 영험을 지니고 있다. 그래서 누구나 산신령에게 소원을 빌면 모든 것을 이룰 수 있다."고 했다.

이런 영험 때문인지는 몰라도 언양 사람들은 가뭄이 들면 고헌산에서 기우제를 지냈다. 농경민족인 우리 조상들은 가뭄이 계속되면 하늘에 제사를 지내고 비가 내리기를 간절히 빌었는데, 이 지역 사람들은 고헌산 산정에 있는 용샘이라는 우물을 찾아갔다. 가뭄이 심하면 부정을 금기하고 목욕재계한 다음 이 샘에서 하늘과 산신, 비를 다스리는 용신에게 제사를 지내 비가 오기를 빌었다고 한다.

울산 근교에도 고헌산 용샘처럼 가뭄이 들 때 기우제를 지내던 곳이 있다. 양산시 하북면의 솔발산(정족산) 산정에 있는 용바위, 밀양 단장면 파래소폭포, 울산 무룡산, 두동 치술령 정상이 제사를 지내던 곳이다.

경주군 산내면 사람들은 고헌산을 고함산이라고 부른다. 거기에 대한 자세한 이야기는 『울산의 산과 계곡 이야기』(하 p.32)를 참고하시기 바란다.

고헌산 용샘(龍泉)

려면 저수지 뒤편 다리가 끝나는 부분에서 주계곡을 따라가면 된다. 홈도골폭포는 과거 산판을 하던 인부들이 폭포 물을 맞고 땀띠를 없앴던 곳이기도 하다.

홈도골폭포에서 상류로 올라가려면 우회해야 한다. 다소 어려운 지점이

지만 이곳만 벗어나면 고암
사까지 30여 분이면 충분히
도착할 수 있다.

고암사에서 계속해서 계
곡 산행을 즐기려면 주계곡
을 타고 올라가면 된다. 고
암사에서 20여 분 계곡을
따라 오르다보면 20여 미터
나 되는 고암폭포를 만나는
데, 여름 장마철 그 광경은
압권이다. 이곳에서 계속해
서 이어지는 등산로는 가파
른 비탈과 너덜길로 여러 번
산행을 경험한 사람들만이
고헌산 용샘(龍泉)까지 갈 수

고암폭포

있다. 올라가는 데 걸리는 시간은 1시간 정도이다.

고헌산 정상에서 바라보는 조망은 뛰어나다. 영남 알프스의 크고 작은
준봉들이 지척으로 다가오고 북쪽으로는 경주 단석산, 남산이 남쪽으로
는 천성산, 대운산, 달음산이 한눈에 들어온다. 또한 맞은편으로는 문복
산(1014m)과 경주 산내면 대현마을이 한 폭의 그림을 펼쳐놓은 듯하다.
정상에서는 최근 만들어진 나무 데크와 전망대, 돌탑 등이 등산객을 반갑
게 맞아 주고 있다.

하산은 어느 곳을 택하여도 1시간 30여 분이면 내려올 수 있다. 고헌산
은 시간이 나면 언제든지 쉽게 산행을 할 수 있는 득도의 산이다.

▲ 찾아가는 길

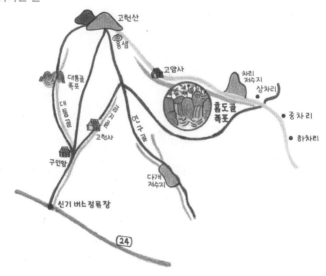

| 승용차 |

• 울산 – 언양 – 반곡 – 상 · 차리 저수지 – 홈도골폭포

| 시외버스 |

• 언양 – 다개 – 반곡마을 입구 – 송정마을 – 상 · 차리 저수지 – 홈도골폭포

• 홈도골폭포는 상차리 저수지에서 약20분 거리에 있다.(상차리 마을에서 1km) 상차리에서 고암사 방향으로 좁은 시멘트 포장길을 따라 가다보면 좌측 민가가 있는 곳 600m쯤 '무속금지'라고 쓰인 전봇대가 나온다. 그 사이의 왼쪽 숲을 헤치고, 5분쯤 가면 홈도골폭포가 나온다. 입구 길가에는 차를 세울 만한 공간이 없다. 승용차는 차리 저수지 부근에 주차해 두는 게 편리하다.

▲ 주변 먹을거리와 숙박 안내

• 산행시에는 도시락 지참이 필수
• 혜원한정식: 252-264-5292 | 상북면 궁근정리 498-27번지 | 한정식, 파전, 동동주, 도토리묵
• 토끼마당: 052-254-5447 | 울산광역시 울주군 상북면 덕현리 438-1번지 | 오리, 토끼, 메기탕, 중태기탕

개살피계곡 용소폭포 龍沼瀑布

위치: 경상북도 청도군 운문면 신원리 개살피계곡

크기: 높이 약 5m, 소(沼)의 둘레 약 10m

경북 청도군 운문면 삼계리(三溪里)[1] 개살피계곡은 영남 알프스 산군들과 떨어져 있어 청정지역으로 남아 있다. 삼계리 개살피계곡 물은 문복산(1,014m) 북릉과 학대산(953m)에서 발원해서 수많은 폭포와 소, 담을 만들

개살피계곡 용소폭포

1) 삼계리는 배너미골, 생금비리골, 개살피골 세 계곡의 물이 합치는 곳이라 붙여진 이름이다. 신라시대 이곳에는 원광법사가 머물면서 화랑에게 정신교육을 시킨 가슬갑사(嘉瑟岬寺)가 자리했던 곳이다. 또한 신라 화랑들의 세속오계(世俗五戒) 발상지이기도 하다.

어내며 운문댐으로 흘러
든다.

개살피계곡 폭포

개살피계곡은 사시사철
수량이 풍부하고 아름답
다. 특히 여름 계곡 산행지
로는 고헌산 주계곡을 능
가할 뿐 아니라 영남 알프
스 계곡 중에서도 손꼽을
만하다. 여름철 계곡 산행
을 즐기려면 등산로보다
는 물살을 타고 거슬러 올
라가야만 계곡 등반의 진
수를 느낄 수 있다. 계곡을
비켜난 등산로를 따라가
다보면 계곡과는 멀어져
버리고, 개살피계곡의 숨
어 있는 비경(祕境)을 발견
할 수 없으므로 물길 산행
을 권한다.

개살피계곡 무명폭포

개살피계곡은 여러 이름으로 불리고 있어 짚고 넘어가려 한다. 지도에
는 '계살피계곡'이라 표기되어 있고, 삼계리 사람들은 '게피계곡'이라 부
르기도 한다. 그래서인지 인터넷에는 '게살피계곡'이라 부르는 사람이
많다. 또 청도군청 홈페이지에는 '개살피계곡'이라 부르고 있다.

청도군청 관광 안내에 따르면 '개살피'라는 말은 가슬갑사 옆의 계곡이
라는 경상도의 방언에서 유래되었다고 한다. '개살'은 '가슬'의 방언이고,

삼계리 마을쉼터(화랑정신의 발상지 안내판)

'피'는 '옆'의 방언이다.

가슬갑사는 원광법사가 신라 화랑 귀산과 추앙에게 세속오계를 내려 주었던 장소로 기도 도량이자 화랑의 군사 훈련장이었다. 마을 입구에서 문복산 방향으로 약 2km 정도 오르면 '가슬갑사유적지'라는 표석이 나오는데, 근래에 재조사한 바에 의하면 이곳을 콕 짚어 가슬갑사로 부른 게 아니라 삼계부락 일대가 화랑의 군사 훈련지였던 가슬갑사였던 것으로 밝혀지고 있다.

가슬갑사 유허비를 뒤로하고 계곡을 따라 올라가면 옛날 이곳에서 무예를 연마했던 신라 화랑들의 발자취가 느껴지는 듯하다. 계곡의 바위 돌들은 아직까지 전혀 오염이 안 된 자연그대의 모습을 간직하고 있다. 계속이어 지는 소와 담은 그야말로 장마철에는 계곡 전체가 폭포 모습으로 변해 버리는 진풍경을 연출하기도 한다.

크고 작은 폭포 중 용소폭포가 단연 으뜸인 것 같다. 협곡 사이로 흘러내리는 비류(飛流)는 깊은 소를 만들고, 소에는 용이 살았을 만큼 신비롭고 장엄해 보인다.

계곡을 따라 1시간 30여 분 오르다보면 물길은 점점 깊이를 다해가고 문복산 서북릉 분기점에 올라서게 된다. 이곳에서 오른쪽 방향으로 40여 분 오르면 문복산 정상으로 오르게 되고, 왼쪽으로 내려가면 옹강산 방면으로나 수리덤계곡으로도 계곡 산행을 즐길 수 있다. 또한 마당바위를 거처 하늘 문(門) 바위를 감상한 뒤 능선을 따라 원점 산행이 가능한 코스로 널리 알려져 있다.

▲ 찾아가는 길

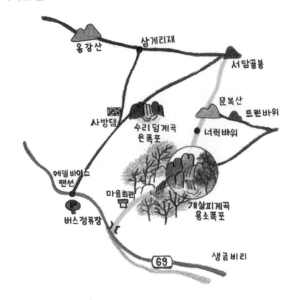

| 승용차 |

• 울산 – 언양 – 궁근정 – 운문령 – 삼계리(삼계 2교) – 계곡 좌측 능선 – 문복산 – 개살피계곡

| 시외버스 |

• 언양 – 운문사행
  동곡, 경산, 남대구 가는 버스가 운문령을 넘어간다.
  삼계리 하차 – 09:00, 10:30, 13:00, 15:40, 18:40
• 운문사 – 언양시외버스터미널
  삼계리 칠성슈퍼 – 07:30, 09:05, 11:30, 14:40, 17:30

▲ 주변 먹을거리와 숙박 안내

• 운문산 자연휴양림 | 휴양림 관리사무소 054-371-1323 | 경북 청도군 운문면 운문로 763 |
  이용시간: 당일 15:00~익일 12:00 | 수용인원: 최대 1,000명/일, 최적 500명/일
• 삼계리 길 주변에 포장마차 형태의 음식집과 가든이 즐비하게 영업 중이며, 하산 후 뒤풀이 겸
  하산주 한 잔으로 하루의 회포를 풀기에 안성맞춤인 곳이다.
• 청도별장가든: 054-372-1217 • 칠성슈퍼: 054-371-5287
• 물레방아가든: 054-372-0885, 대표 HP: 010-3804-0453 | 오리불고기, 닭백숙, 메기매운
  탕, 산채비빔밥, 해물파전, 동동주 등

수리덤계곡 은폭포 隱瀑布

위치: 경상북도 청도군 운문면 신원리 수리덤계곡

크기: 높이 약 8m(직폭 3m, 와폭5m), 소(沼)의 둘레: 약 5m

문복산(1014m) 북릉과 서담골봉(837m)에서 발원한 물줄기가 계곡을 따라 흘러내리면서 수리덤계곡 은(隱)폭포를 만들어낸다. 수리덤계곡은 개살 피계곡과 쌍벽을 이룰 만큼 폭포와 소, 담이 많은 곳이다.

계곡 이름은 어느 묵객이 적어놓은 글귀처럼 '먹이를 채기 위해 하늘

수리덤계곡 은폭포

높이 비상하는 독수리'가 많아 수리덤계곡이라 부르기도 하고, 옹강산 전진봉인 641m 봉의 좌우 능선이 마치 독수리가 비상(飛上)하는 형상을 하고 있어 수리덤계곡이라 부르기도 한다.

수리덤계곡의 크고 작은 여러 폭포 중 단연 으뜸은 아무래도 은(隱: 숨길 은. 숨기다, 가리다, 비밀로 하다)폭포인 것 같다. 본래 수리덤계곡의 폭포들은 이름 없는 폭포들이다. 필자는 수리덤계곡을 수차례 계곡 등반하면서 주폭포인 이 폭포를 은폭포라 부르고 싶었다. 은폭포는 수리덤계곡 깊은 골에 숨어 있기 때문이다. 당시 필자가 이곳을 찾아 다닐 때만 하여도 사람들의 인적은 찾아보기 힘들었다. 그 뒤 수리덤계곡 입구에 주말농장 형태의 가든이 하나둘 들어오면서 이 일대가 여름철이면 휴가를 즐기려는 사람들로 북새통을 이룰 정도로 급격히 변하였다.

수리덤 은폭포는 직폭과 와폭이 동시에 형성된 폭포로 3~4m의 직폭이 먼저 그 모양을 연출한 뒤 5m 이상의 암반으로 흘러내리고 있으며, 우기에는 은폭포 옆에 또 하나의 폭포가 만들어져 장관을 연출한다.

청도 수리덤계곡 꿈길에서   청솔

산 높고 물 푸르며 하늘 파아란, 천혜의 땅 청도를 아시나요
산허리 휘감은 호거산(虎踞山) 구름문을 지나야 운문사(雲門寺)요
파란 하늘 위 석문을 뚫고 솟아올라야 천문사(天門寺)에 든다네

영남 알프스 가지산 북변에서 뻗어 나온 뭇 산들이 궁리하여
신비한 계곡을 만드니 문복산, 상운산, 옹강산, 수리덤산이 그것이요
깊디 깊은 골에 학이 살아 학심이요, 노승이 길을 잃어 심심이 골이라오
먹이를 채기 위해 하늘 높이 비상하는 독수리 많아 수리덤계곡이라 한다네

수리덤계곡폭포

민족 통일을 앙망하던 신라 원광법사 이곳에 찾아 들어 명당에 절을 짓고
화랑을 양성하여 귀산, 추앙에게 세속오계를 내려 주니, 절은 가슬갑사요
절 옆에 선경의 아름다운 계곡이 있으니 그것이 개살피(옆구리)계곡이라네

하늘을 진동하는 소리에 창공을 바라보니 허공에 큰 물 떨어지네

우리 모두 달려가서 저 물을 맞아보자, 물을 맞고 피 흘리며 죽어보자
사람은 우환에 살아 크게 숨 쉬고, 안락에서 죽어 간다 하지 않는가?
묵철도 도가니에 넣고 맞으며 단련할수록 빛나는 보검이 되나니

물에 멍든 내 가슴 어딘가 한편에 뜨거운 핏물이 샘물되어 흐른다
그 물빛은 양귀비꽃보다 더 붉으며 울 밑의 봉선화보다 더 수줍네
세상은 넓고 산은 높고 물은 깊은데, 미인, 가인은 어디에 숨었을까
그 언제 귀인을 만나 연리지(連理枝), 비익조(比翼鳥)되어 저 푸른 하늘을
날아볼까

　수리덤계곡은 여름 휴가철이 다가오면 많은 피서객들이 몰려든다. 계
곡 중간 지점에 펜션 형태의 주말농원이 잘 조성이 되어 있어 성황리에
영업 중이다. 계곡을 따라 사방댐이 조성되어 있어 어린아이들의 물놀이
장소로 적당한 곳이다. 또한 피서객들을 위한 텐트 야영지가 잘 조성돼
있으며, 계곡 산행 겸 능선 산행을 즐길 수 있는 장소이기도 하다. 계곡을
따라 오르다보면 우거진 나무들이 세속에 시달리지 않고 아무 근심 걱정
없이 자라나 하늘을 향하고 있다.
　계곡을 따라 바위를 넘고 때로는 우회를 해가면서 1시간 쯤 상류로 올
라가면 계곡물은 점점 그 깊이를 다하고 산사태 지역에 도착하게 된다.
여기에서 좌측으로 길을 택하여 올라서면 문복산 서쪽 사면에서 이어지

수리덤계곡 야영장

는 등산로와 만나게 되고, 20여 분 오르면 커다란 바위 암릉이 버티고 서 있다. 마치 주상절리처럼 바위가 세로로 갈라지면서 기둥 모양의 형태를 하고 있다. 바위를 따라 좌측으로 우회하여 올라가면 된다.

바위지대를 지나 다시 20여 분이면 문복산 정상에 올라서게 되는데, 정상에서 바라보는 경관은 대단하다. 동쪽으로는 고헌산이 그 위용을 드러내고, 그 옆으로 백운산과 조래봉, 멀리는 치술령이 보인다. 남쪽으로는 가지산, 운문산, 상운산이 한눈에 들어오고 산내마을의 평화로운 모습이 파노라마처럼 펼쳐진다.

하산길은 정상에서 남쪽 방향으로 난 길을 따라가면 된다. 돌봉우리에서 우측 전망바위 방향으로 내려서면 개살피계곡으로 하산하게 된다.

▲ 찾아가는 길

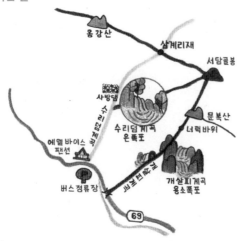

| 승용차 |

• 울산 – 언양 – 궁근정 – 운문령 – 삼계리(삼계 2교) – 계곡 좌측 능선 – 문복산 – 개살피계곡 – 수리덤
계곡 은폭포

| 시외버스 |

• 언양 – 운문사행 | 동곡, 경산, 남대구 가는 버스가 운문령을 넘어간다 | 삼계리 하차
  09:00, 10:30, 13:00, 15:40, 18:40
• 운문사 – 언양시외버스터미널 | 삼계리 칠성슈퍼 – 07:30, 09:05, 11:30
• 언양 – 운문사 69번 지방도 옆의 에델바이스 펜션 입구에서 하차한다. 우측으로 난 다리를 지나
  자 곧바로 시작되는 수리덤계곡은 에델바이스 펜션 입구에서 시작된다. 계곡을 따라 같은 방향
  으로 5분쯤 가면 왼쪽에 옹강산 남서릉으로 오르는 능선길이 시작되고, 다시 10여 분 오르다보
  면 삼계농원과 제법 넓게 보이는 펜션 단지가 나온다.

▲ 주변 먹을거리와 숙박 안내

• 운문산 자연휴양림 | 휴양림 관리사무소 054-371-1323 | 경북 청도군 운문면 운문로 763 |
  이용시간: 당일 15:00~익일 12:00 | 수용인원: 최대 1,000명/일, 최적 500명/일
• 삼계리 길 주변에 포장마차 형태의 음식집과 가든이 영업 중이며, 하산 후 뒤풀이 겸 하산주 한
  잔으로 하루의 회포를 풀기에 안성맞춤이다.
• 청도별장가든: 054-372-1217   • 칠성슈퍼: 054-371-5287
• 물레방아가든: 054-372-0885, 대표 HP: 010-3804-0453 | 오리불고기, 닭백숙, 메기매운
  탕, 산채비빔밥, 해물파전, 동동주 등
• 운문령 쉼터: 054-371-1966 | 주요메뉴: 잔치국수, 파전, 동동주, 묵채, 손수제비 등)
• 삼계리 주말농장: 054-373-3191 | 청도군 운문면 신원리 244번지

150

흑룡폭포 黑龍瀑布

위치: 경상남도 밀양시 단장면 구천리(재약산 기슭)
크기: 높이 약 40m , 소(沼)의 둘레 약 50m

흑룡폭포는 영남 알프스에서 최대의 위용을 자랑하는 폭포다. 재약산(해발 1119m)에서 발원한 물줄기가 사자평을 거쳐 층층폭포를 일으키고, 다시 재약봉(954m)에서 흘러드는 물줄기와 합류되면서 흑룡폭포를 만들어 옥류동천(玉流洞天)[1]으로 흘러내린다.

표충사계곡을 자세히 살펴보면 표충사[2]를 기점으로 좌측 계곡을 금강동천(金剛洞天), 우측 계곡을 옥류동천(玉流洞天)이라

흑룡폭포

1) 표충사를 기점으로 오른쪽 계곡으로 흐르는 물이 맑아 마치 구슬이 굴러서 흐르는 것과 같다 하여 붙여진 이름이다.
2) 표충사는 신라 원효대사가 창건한 사찰로, 원래 명칭은 죽림사(竹林寺)였으나 임진왜란 때 왜적을 물리치는 데 공을 세운 사명대사의 충혼을 기리기 위하여 표충사로 명칭을 바꾸었다. 청동함은향완과 삼층석탑 등 국보와 보물을 비롯하여 많은 문화재를 보유하고 있으며, 사찰은 1974년 경상남도기념물 제17호로 지정되었다.

흑룡폭포

부른다. 이 두 계곡물은 시전천(柿田川)에서 만난다. 시전천은 다시 단장천(丹場川)으로 합류한다. 옥류동천 계곡을 따라 올라가면 흑룡폭포(黑龍瀑布)와 층층폭포(層層瀑布)를 거쳐 억새평원으로 잘 알려진 사자평(獅子坪)과 수미봉(須彌峰) 방면으로 이어진다. 표충사 주차장에서 출발하여 옥류동천 계곡을 따라 1시간 정도 오르면 흑룡폭포에 도착할 수 있다.

흑룡폭포는 2단으로 되어 있다. 상단과 하단 높이가 각 20여 미터쯤 되고 상하단에 각각 소가 있다. 하단 아래에 위치한 소는 우기(雨氣)가 되면 둘레가 50여 미터, 깊이가 5m 이상 된다. 상단 아래에 위치한 소는 둘레가 30여 미터, 깊이는 육안으로 가늠하기 어려울 정도로 깊다.

흑룡폭포 상단 소

흑룡폭포는 여름에는 마치 한 마리의 흑룡이 온몸을 휘저으면서 하늘로 승천하는 느낌을 준다. 멀리서 바라만 보아도 웅장해서 감탄사가 절로 나온다.

표충사에서 약 2km 지점에 흑룡폭포가 있고, 흑룡폭포에서 1.8km 더 가면

흑룡폭포 하단 소

층층폭포가 있다. 흑룡폭포에서 층층폭포까지 가는 데 걸리는 시간은 약 20~30분 정도이다. 표충사, 흑룡폭포, 층층폭포, 수미봉, 사자봉, 한계암을 거쳐 표충사로 돌아오는 코스는 약 12km 거리로 6~7시간이 소요된다. 여름 산행을 한다면 고사리 분교 옛터를 거쳐 주암계곡으로 하산하는 코스를 권하고 싶다.

흑룡폭포-빙폭

▲ 찾아가는 길

| 승용차 |

- 울산 - 언양 - 가지산터널 - 남명초등학교 삼거리 - 도래재 - 표충사 공영주차장 - 표충사 - 옥류동천(표충사 우측 계곡) - 흑룡폭포

| 시외버스 |

- 울산에서 석남사행 버스를 타고 석남사까지 간다. 석남사 옆 버스정류장에서 밀양행 버스를 타고 금곡 삼거리에서 내린다. 거기서 표충사행 버스를 타면 된다.

- 표충사 간이매표소 출발(20분) - 계곡길 합류 지점(30분) - 흑룡폭포(25분) - 출렁다리1(10분) - 출렁다리2 - 층층폭포(30분) - 사자평(고사리분교 옛터)
표충사에서 약 2km 지점에 흑룡폭포가 있고, 1.8km 더 가면 층층폭포가 있다.

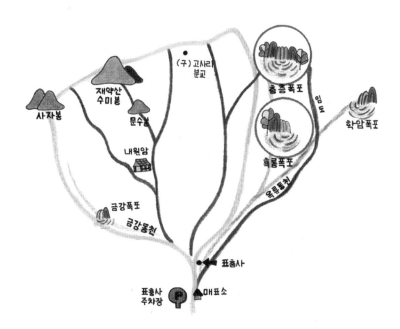

(구)고사리
분교

재약산
수미봉

사자봉

문수봉

종종폭포

임도

학암폭포

내원암

흑룡폭포

옥류동천

금강폭포

금강동천

표충사

표충사
주차장

매표소

▲ 주변 먹을거리와 숙박 안내

• 표충사 입구 주차장 주변에는 사시사철 가든 형태의 식당들이 영업 중이다.
• 밀양 표충사 국민관광지 야영장 | 경상남도 밀양시 단장면 구천리 31-2번지 | 관리자: 밀양시청 문
  화체육과: 055-359-5643, 표충사 종무소: 055-352-1070, 단장면사무소: 055-359-5761

층층폭포 層層瀑布

위치: 경상남도 밀양시 단장면 구천리(재약산 기슭)
크기: 높이 약 20m , 소(沼)의 둘레 약 30m

재약산(해발 1119m)에서 발원한 물줄기가 사자평을 거쳐 층층폭포를 일으키고 그 아래 흑룡폭포로 흘러간다.

층층폭포는 높이가 약 20m 정도다. 3단 형태의 층으로 이루어져 물이 떨어질 때 층층에 부딪혀 물보라를 일으킨다. 그래서 층층폭포라고 이름 붙여졌다. 한겨울 빙하기로 접어들 때 층층에서 얼었던 얼음이 녹아떨어지면서 빙벽을 만들어 아름다운 모양을 연출한다.

층층폭포 부근에는 출렁다리가 설치되어 있는데 층층폭포와 함께 이곳의 명소로 자리 잡은 지 오래되었다. 길이가 20여 미터로 등산객들의 발길을 붙잡기도 하고, 산행의 피로를 다소 줄여 주기도 한다. 층층폭포 아래에는 층층폭포와 버금가는 또 다른 폭포가 그 위용을 드러내고 있어 연신 카메라에 담아본다.

층층폭포에서 사자평까지는 20~30여 분이 소요되는데, 이곳을 기점으로 재약산(수미봉)을 거쳐 천황산(사자봉)으로 갈 수 있다. 또한 최근 설치된 얼음골 케이블카를 이용하여 얼음골로 하산할 수도 있다. 아무래도 여름 산행의 진수는 계곡 등반일 것 같다. 옥류동천 계곡을 따라 흑룡폭포와 층층폭포를 감상한 뒤 우리나라 최대 고산습지인 해발 800m의 재약산 '산들늪 습지' 지역을 둘러보고 주암계곡[1]을 따라 물길 산행을 즐기며 하산하는 게 좋을 듯싶다.

충충폭포

1) 울산광역시 울주군 상북면 이천리에서 재약산 사자평까지 이어지는 계곡으로 길이가 4km에 이른다. 물길 10리, 단풍 10리로 여름 · 가을철에는 사람들의 발길이 끊이지 않는 곳이다.

층층폭포-겨울 빙벽

▲ 찾아가는 길

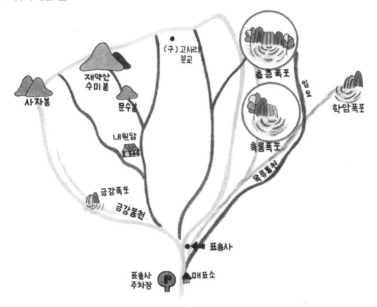

| 승용차 |

• 울산 – 언양 – 가지산터널 – 남명초등학교 삼거리 – 도래재 – 표충사 공영주차장 – 표충사 – 옥류
동천(표충사 우측 계곡) – 흑룡폭포 – 층층폭포

| 시외버스 |

• 울산에서 석남사행 버스를 타고 석남사까지 간다. 석남사 옆 버스정류장에서 밀양행 버스를 타
고 금곡 삼거리에서 내린다. 거기서 표충사행 버스를 탄다.

• 표충사 간이매표소 출발(20분) – 계곡길 합류 지점(30분) – 흑룡폭포(25분) – 출렁다리1(10분)
– 출렁다리2 – 층층폭포(30분) – 사자평(고사리분교 옛터)

▲ 주변 먹을거리와 숙박 안내

• 표충사 입구 주차장 주변에는 사시사철 가든 형태의 식당들이 영업 중이다.
• 밀양 표충사 국민관광지 야영장 | 경상남도 밀양시 단장면 구천리 31-2번지 | 관리자: 밀양시청 문
화체육과: 055-359-5643, 표충사 종무소: 055-352-1070, 단장면사무소: 055-359-5761

철구소 鐵臼沼

위치: 울산광역시 울주군 상북면 이천리 주암계곡
크기: 높이 약 5m , 소(沼)의 둘레 약 20m, 깊이 약 7m

맑다 못해 소름이 끼칠 정도로 검푸른 철구소! 계곡의 속살을 완전히 드러낸 채 흘러가는 천혜의 비경!

철구소는 재약산(수미봉)에서 발원한 물줄기가 주암계곡을 거치면서 일궈낸 아름다운 소이다. 상류 주암계곡 4km에 이어지는 물길에는 크고 작은 소와 담이 아직도 태고의 신비로움을 그대로 간직하고 있다. 이름 모를 바위와 풀, 벌레, 새들과 어우러져, 여름 휴가철에는 사람 반 물 반일 정도로 수많은 인파가 몰려드는 영남 알프스 명소이다.

주암계곡 철구소

◆ 철구소(鐵臼沼)와 이무기 전설

철구소에는 하늘의 저주에 의해 용이 되지 못한 이무기가 살고 있었다고 한다. 이무기는 천 년을 더 기다리면 용이 될 기회를 얻는다는 말에 소에 살고 있는 물고기를 잡아먹으면서 하루하루를 견뎌 나가고 있었다.

어느 봄날, 마을 사람들은 철구소 옆에 있는 넓은 반석 위에서 화전놀이를 하게 되었다. 사람들은 술과 떡을 빚어 먹으며 즐겁게 놀다가, 철구소의 물고기를 잡기로 했다. 소 안에 이무기가 살고 있는지 알 턱이 없는 사람들은 이 마을에서 고기를 잡는 전통적인 방식으로 초피나무(재피나무) 껍질을 벗겨 말린 후 절구통에 잘 부순 후에 다시 볶아서 부드러운 베자루에 넣고 철구소 위쪽에 담가 놓고 발로 밟아 물에 풀었다고 한다. 보통은 10분이면 고기가 죽어서 나오는데 그날따라 물고기가 한 마리도 나오지 않았다. 사람들은 웅덩이가 크고 깊어서 고기가 안 나오는가 생각하여 초피나무 껍질 가루를 3말 더 풀었다.

오랜 시간이 흘렀지만 고기는 한 마리도 떠오르지 않고 오히려 조용하기만 했다. 그러다 갑자기 소용돌이가 일면서 시커먼 물체가 요동을 치더니 물 위로 떠오르는 것이 아닌가? 이무기가 죽은 것이다. 그런데 이무기가 죽자마자 마을에는 이유를 알 수 없는 불이 나서 마을 전체가 불에 타는 괴변이 발생했다. 겁에 질린 마을 사람들은 용이 되지 못한 이무기의 한이 이 같은 재앙을 불러일으킨 것으로 생각하고 다시는 소생하지 못하도록 이무기를 세 토막 낸 뒤 주암계곡 건너편의 성지골에 장사를 지냈다고 한다.

이런 일이 있은 뒤로 마을사람들은 화전놀이는 물론, 멱 감는 일도 삼갔고, 가뭄이 들면 기우제를 지냈다고 한다. 또 죽은 이무기의 혼(魂)을 달래기 위해 철구소 맞은편에 용왕각을 세웠다 한다.

철구소는 소의 모양이 좁고 절구 모양으로 생겨 절구소라 하다가 철구소(鐵臼沼)로 이름이 변하였다고 한다. 영남 알프스의 3대 소라고 불리는 호박소, 파래소, 철구소는 서로 물길이 이어져 이무기가 왕래했다는 전설

이 전해진다. 또 하늘에 있
는 선녀들이 목욕을 하러 내
려올 때면 이곳에 살던 이무
기가 자리를 피해 주었다는
전설도 내려온다. 평상시에
도 물빛에 신비스러운 기운
이 감지되는 걸 보면 선녀와
이무기 전설이 예사롭게 여
겨지지 않는 게 당연할지도
모르겠다.

재약산 안부 쉼터

철구소에서 상류로 거슬
러 올라가면 본격적인 계곡
산행로가 열린다. 그곳은 1
시간 이상 걸어도 사람을
잘 만날 수 없는 고요한 골
짜기다. 널찍한 암반과 바

철구소 앞 출렁다리

위와 돌이 연이어져 건너뛰기에 불편이 없고 가뭄 뒤에는 흐르는 물도 많
지 않아 걷기 적당해서 신명나게 산행을 할 수 있다. 주암계곡을 따라 산
행을 계속 이어가면 30여 분 뒤 '장수암'이라 쓰인 집 옆으로 지나가게 되
는데, 이곳을 따라 오르다보면 재약산 사자평 안부에 도착할 수 있다.

사자평 안부에서 시간이 허락한다면 여러 곳으로 산행을 즐길 수 있다.
옥류동천 계곡으로 하산하면 층층폭포와 흑룡폭포를 감상할 수가 있고,
사자평 안부에서 재약산으로 이어지는 능선에서 주계능선을 타고 하산
할 수도 있다.

▲ 찾아가는 길

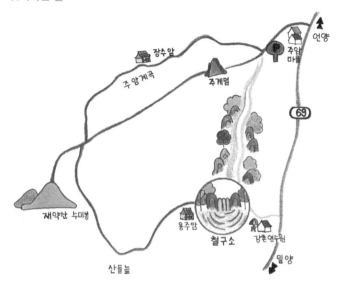

| 승용차 |

• 울산 – 언양 – 배내고개 – 철구소 입구(강촌, 산천가민박) 개울 건너 좌측 소로길 – 철구소

　배내고개에서 2km 정도 가다보면 철구소 입구가 나온다. 강촌(264-4440-1), 산천가(민박, 254-2050)에
　서 개울 건너 좌측 길을 따라 5분 정도 걸으면 철구소가 나온다.

| 재약산 산행코스 |

• 철구소 – 용왕각 – 용주암 – 징검다리 – 주암마을 – 좌측계곡 – 재약산

| 시외버스 |

• 언양 시외버스터미널에서 328번을 이용하면 된다. 평일과 주말 이용 시간이 다르고, KTX역에
　서 출발하는 차량과 언양에서 출발하는 차량이 있으니 유의해야 한다.

▲ 주변 먹을거리와 숙박 안내

• 강촌연수원: 052)264-4440 | 울산시 울주군 상북면 이천리 310
• 산천가펜션: 052)254-2050 | 울산시 울주군 상북면 이천리 336
• 배내산장: 055)387-3292 | 경남 양산시 원동면 선리 95-3 | 펜션 2동 (객실 총 8실 펜션형 5실,
　일반형 3실), 산촌 요리 전문점 1동

학암폭포 鶴岩瀑布

위치: 경상남도 밀양시 단장면 구천리에 있는 폭포
크기: 높이 약 30m(직폭) , 소(沼)의 둘레 약 50m

학암폭포(鶴岩瀑布)는 코끼리봉과 향로산에서 발원한 물줄기가 거의 수직에 가까운 절벽에서 물보라를 날리면서 장엄한 폭포를 만들어낸다. 폭포 상단은 넓은 암반으로 형성되어 있다. 여기서 하단으로 떨어지는 물줄기는 높이가 30m 이상, 폭은 5m 정도 될 것 같다.

소 둘레도 약 50m, 깊이가 2m쯤 되어 보인다. 가뭄이 계속될 때에도 그 웅장함은 대단하다. 폭포수가 떨어지면서 튀긴 물방울들이 학암폭포에서 자라는 이끼와 바위손, 일엽초, 바위채송화 등 여러 가지 식물들을 자라나게 한다. 그 경관이 폭포와 어우러져 그야말로 장관이다.

학암폭포는 옥류동천 합수점 계곡 깊은 곳에 숨어 있다. 폭포 아래서 가만히 폭포를 살펴보면 마치 거대한 학(鶴) 한 마리가 비상(飛上)하려고 날개를 펼친 형상을 하고 있다. 아마 폭포 이름도 이것과 관련되어 붙여진 것 같다. 폭포수가 떨어지는 바위벽은 병풍을 펼쳐 놓은 듯하다.

폭포 가까이 접근하기 위해서는 상당한 주의를 요한다. 표충사 입구에서 군 작전도로를 따라 1시간 정도 오르면 학암폭포가 보이는 지점을 잘 관찰해야 한다. 여름에는 폭포 들머리가 울창한 숲으로 가려져 자칫하면 놓쳐버릴 염려가 있기 때문이다. 도로와 계곡으로 연결되는 지점에는 상수도 배수관이 길 옆으로 연결 되어 있으니 참고하기 바란다.

폭포 아래에서 폭포 상단으로 이어지는 등산로는 두 갈림길로 구분된

학암폭포

다. 폭포 좌측으로 이어지는 길은 칡밭을 지나 코끼리능선과 안부사거리 (770m) 지점으로 오를 수 있다. 그러나 폭포 옆 암벽을 통과해야 하는 어려움이 있다. 또 다른 코스는 폭포 우측으로 이어지는 코스로 가파른 너덜지대를 지나야 한다. 이 코스 역시 코끼리능선으로 이어지는 917m 지점에 도착할 수가 있다. 이 능선을 이어가면 향로산 (979m)으로 향하는 등산로와 연결되고, 고개를 넘으면 원동면 선리 방면과 연결된다.

학암폭포-겨울 빙폭

학암폭포는 빙벽 등반 장소로도 널리 알려져 있다. 그래서 겨울이 시작되면 빙벽 마니아들로 학암폭포 계곡은 시끌벅적하다.

학암폭포를 감상한 뒤 산 위로 올라가다보면 옛 고사리 분교 근처의 고산습지 지역에 도착할 수 있다. 재약산 산들늪 습지는 해발 750m, 9만여 제곱미터(24만여 평)로 전국 최대 규모의 하천형 습지다. 이곳에는 진퍼리새, 오리나무, 참억새 군락이 있고 멸종위기의 야생동식물 2급인 삵, 하늘다람쥐, 노랑무늬꽃 등이 다양하게 서식하고 있다. 산들늪을 구경하고 능선을 따라가다보면 재약산 사자평 억새 군락지(전체 넓이는 120만 평)를 만나게 된다. 사자평은 통일신라시대에는 화랑들의 심신 수련장이었고, 임진왜란 때는 승병(僧兵)들의 훈련장이었던 곳이다. 재약산 사자평은 우리나라 7대 억새 군락지[1]의 하나다.

이곳을 경유하여 하산하는 길은 여러 곳으로 열려 있다. 물길 10리를 이루는 주암계곡이나 능동산과 배내고개 방향으로도 내려올 수 있다.

---

1) 포천 명성산, 홍성 오서산, 장흥 천관산, 창녕 화왕산, 대구 비슬산, 정선 민둥산.

▲ 찾아가는 길

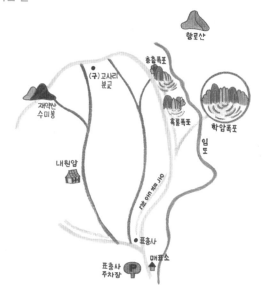

| 승용차 |

• 울산 – 언양 – 남명초등학교 삼거리 – 도래재 – 표충사 공영주차장 – 호두나무집 – 학암폭포

| 시외버스 |

• 울산에서 석남사행 버스를 타고 석남사까지 간다. 석남사 옆 버스정류장에서 밀양행 버스를 타고 금곡 삼거리에서 내린다. 거기서 표충사행 버스를 탄다.

울산에서 가려면 대중교통은 불편하고 승용차로 가지산터널을 지나 남명초교 삼거리에서 좌회전해 도래재를 넘어 표충사로 갈 수 있다. 약 1시간 정도 소요된다.

• 표충사 공영주차장에서 표충사로 가면 좌측에 화장실이 있다. 화장실 아래 버스종점이 있고 화장실 건너편 대형 안내판이 세워져 있는데, 이곳이 재약산으로 이어지는 군작전도로 시작점이다. 이 길을 따라 올라가다보면 '호도나무집' 간판이 보이고, 우측으로는 느티나무가 서 있다. 이곳에서 군작전도로(임도)를 따라 1시간 30분 정도 걸어가면 옥류동천 지계곡과 이어지는 학암폭포를 쉽게 찾아갈 수 있다.

▲ 주변 먹을거리와 숙박 안내

• 표충사 입구 주차장 주변에는 사시사철 가든 형태의 식당들이 영업 중이다.

• 밀양 표충사 국민관광지 야영장 | 경상남도 밀양시 단장면 구천리 31-2번지 | 관리자: 밀양시청 문화체육과: 055-359-5643, 표충사 종무소: 055-352-1070, 단장면사무소: 055-359-5761

암 · 숫 가마불폭포

위치: 경상남도 밀양시 산내면(얼음골)

크기: 높이 약 20m , 소(沼)의 둘레 약 10m

가마불폭포는 천황산(사자봉) 서북릉 해발 688m 얼음골 부근에 위치해 있다. 천황산(사자봉)에서 발원한 물줄기는 암 · 숫 가마불폭포를 일으키고, 얼음골[1]의 시원한 기류를 형성하여 한여름에도 얼음이 어는 기이한 곳이다. 얼음골은 천연기념물 제224호로 지정되어 있어 여름이면 전국에서 많은 피서객이 이곳을 찾고 있다.

우리나라에서 얼음골로 알려진 곳으로는 밀양 천황산 얼음골, 의성군 빙혈(氷穴), 전라북도 진안군 풍혈냉천(風穴冷泉), 울릉도 나리분지의 에어컨굴, 네 곳이 있다.

남명리 얼음골

얼음골 결빙지

1) 밀양시 산내면 남명리 밀양 얼음골(1970년 4월 24일-천연기념물 제 224호)은 겨울에는 얼음이 얼지 않고 3월 중순부터 5월 초까지 결빙되고 결빙된 얼음은 7월 말까지 유지된다.

암가마불폭포

가마불폭포는 폭포의 형태가 마치 가마솥을 걸어놓은 듯하여 붙여진 이름이다. 가마불폭포는 인접하여 좌우측에 두 개가 있는데, 남성과 여성을 비교하여 '암', '숫' 이란 글자를 붙여 구별해 부른다. 처음 폭포를 접하는 사람들은 어느 것이 남성이고, 어느 것이 여성인지 잘 분간되지 않지만, 두개의 폭포를 유심히 관찰해 보면 그 특징을 찾아볼 수가 있다.

암가마불폭포는 협곡 사이에 깊숙이 숨겨져 있어 처음 폭포를 찾는 사람들에게는 그 형상을 잘 드러내지 않는다. 폭포의 형태가 나선형 모양으로 휘어져 있기 때문이다. 그 모습이 마치 수줍은 여인이 부끄러워 숨어 있는 것처럼 보인다.

그러나 숫가마불폭포는 높이 10여 미터의 직폭으로 그 모습이 온전히 노출되어 여름철 비가 많이 온 뒤이면 그 위용을 드러내며 시원한 물줄기를 쏟아낸다. 시원시원한 성격의 남성이 유쾌하게 웃는 모습처럼 보인다.

가마불폭포는 여름 우기를 제외하고는 흐르는 물의 양이 적은 것이 흠

숫가마불폭포

숫가마불폭포

이지만, 겨울이 시작되면 얼음 결이 좋아 빙벽 클라이머들에게 사랑받는
폭포이다.

　암 · 숫 가마불폭포 남쪽 방향에는 얼음골이 있고, 40~50분 거리에 천
황산 선녀폭포가 있다.

주변 명소-천황산, 재약산, 흑룡폭포, 층층폭포, 금강폭포, 고사리분교터, 사자평억새평원,
내원암, 서성암, 진불암, 한계암 등.

산행하기 좋은 때-천황산, 재약산이 최고 절경일 때는 단연 가을이다. 재약산 정상부터 신불
산까지 이어지는 억새평원은 고즈넉한 가을 산행을 즐기기 좋은 곳이다. 그리고 10월 중순부
터는 산 전체가 단풍이 들어 어디에도 뒤지지 않는 단풍 산행을 즐길 수 있다.

▲ 찾아가는 길

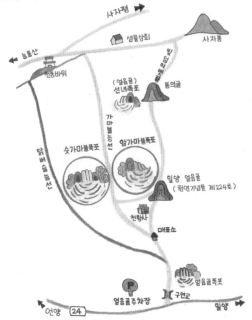

| 승용차 |

• 언양 – 석남사(24번 국도) – 가지산터널 – 얼음골 주차장 – 얼음골 입구 다리 – 천황사 – 암 · 숫 가
마불폭포

| 시외버스 |

• 밀양방면 24번 국도 – 가지산터널 – 얼음골 주차장 – 얼음골 입구 다리 – 천황사 – (암,숫)가마불 폭포
• 밀양행 시외버스는 석남사–얼음골: 1일 12회 – 휴가철
  08:30, 09:30, 11:00, 12:20, 13:20, 14:20, 16:00, 17:40, 18:20, 19:20
  문의–밀양시외버스터미널: 055-354-2320, ARS 1688 – 6007

• 입장료(여름 휴가철) – 어른 기준: 1,000원   • 승용차 주차비: 2,000원

▲ 주변 먹을거리와 숙박 안내

• 아이스밸리 리조트: 055-356-7139/7140 | 밀양시 산내면 남명리 1-5번지 | 편의시설: 냉장
  고, TV, 무료 음료수, 옷장, 세면도구, 한식당, 레스토랑 | 입실 14:00~ 퇴실 12:00
• 석남사 입구: 시인과 촌장: 052-264-4707 | 비빔밥, 항아리수제비, 전통차, 장떡, 민속주

금강폭포

위치: 경상남도 밀양시 단장면 구천리
크기: 높이 약 25m , 소(沼)의 둘레 약 30m

천황산(사자봉)과 상투봉(1108m)에서 발원한 물줄기가 금강동천으로 흘러들어 아름다운 비경을 연출하며 금강폭포, 은류폭포, 옥류폭포, 일광폭포를 만든다.

금강폭포를 찾아가려면 표충사에서 좌측 계곡을 따라 산에 오르면 된다. 바위에 흰 페인트로 금강동천(金剛洞天)[1]이라 쓰여 있는 계곡이 나오는데 이곳을 따라 올라가면 폭포가 나온다.

금강폭포 옆에는 암자가 벼랑 위에 덩그러니 앉아 있다. 한계암(寒溪庵)이다. 사립문을 열고 들어서면 '세세부지춘(歲歲不知春)'과 '조조불견일(朝朝不見日)'이란 글씨를 예서로 쓴 것이 보인다. 이 글은 유명한 전당시대 명시승(名詩僧)이라고 불리던 한산자(寒山子)[2]가 쓴 시 끝 구절이다. 어느 스님이 쓴 글씨인지는 몰라도 이 암자와 시가 꼭 어울리는 느낌이 든다.

---

1) 표충사를 중심으로 좌측 계곡을 금강동천(金剛洞天), 우측계곡을 옥류동천(玉流洞天)이라 부른다. 좌측 금강동천은 금강폭포, 은류폭포, 옥류폭포, 일광폭포를 품고 있으며, 우측 옥류동천에는 흑룡폭포, 층층폭포 1.2단이 있으며, 옥류동천 지계곡에는 학암폭포가 자리잡고 있다.
2) 한산(寒山) 혹은 한산자(寒山子)라고도 하며 중국 선시(禪詩)의 제 일인자다. 이제까지는 당나라 초기의 전설적인 사람이라 하였으나, 최근 연구에서는 실제 인물로 보아 8세기 무렵까지 생존하였을 것으로 추정한다. 일찍이 전국 각지를 유람하였고 같은 시대의 승려인 습득(拾得), 풍간(豊干)과 함께 삼은(三隱) 또는 삼성(三聖)이라 불렸다 한다.

금강폭포

한산(寒山) 시

杳杳寒山道	한산의 길은 멀고도 아득한데
묘 묘 한 산 도	
落落冷澗濱	차가운 산골 물은 콸콸 흘러간다.
락 락 냉 각 빈	
啾啾常有鳥	새 우는 소리 늘 들리는데
추 추 상 유 조	

옥류폭포

일광폭포

寂寂更無人
적 적 갱 무 인
사방은 고요하여 인적은 없다.

淅淅風吹面
석 석 풍 취 면
차가운 바람이 간간히 얼굴에 불어오는데

紛紛雪積身
분 분 설 적 신
분분히 날리는 눈이 몸을 덮는다.

朝朝不見日
조 소 불 견 일
아침마다 해가 뜨나 해는 보이지 않고

한산(寒山)은 오랜 시간 천태산(天台山) 한암(寒巖)에 머물며 시를 지어 돌이나 나무 등에 새겨 놓았다고 한다. 이때 지은 시가 600여 수가 되었다고 하나 일부는 실전되고 『전당시(全唐詩)』에 그의 시 310여 편만 전해오고 있다. 그가 남긴 시는 세월이 흐를수록 많은 사람들에게 깨달음과 감동을 주었고 고독했던 그의 삶도 아름다운 전설이 되었다.

서상암 너덜지대

금강폭포 일대를 둘러본 뒤 같은 방향으로 계속해서 산행을 하려면 서상암 옆 등산로를 따라가면 된다. 한참을 올라가면 제법 가파른 너덜길이 나타나는데 체력의 한계를 느낄 만큼 경사가 심하다.

너덜길을 벗어나 경치 좋은 곳에 잘 단장된 묘지1기를 지나면 능선길로 접어들게 된다. 이곳에서 천황산(1189m)까지는 30여 분이면 도착할 수 있다.

해발 1000m에 있는 무덤 1기

▲ 찾아가는 길

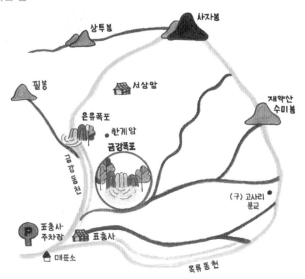

| 승용차 |

• 울산 – 밀양산내면 남명리 – 도래재 – 표충사 – 금강폭포 – 한계암(표충사 주차장에 주차)

도래재: 1077번 지방도로 밀양시 단장면 구천리와 남명리를 잇는 고갯길

| 시외버스 |

• 밀양행 시외버스는 석남사–얼음골: 1일 12회– 휴가철

08:30, 09:30, 11:00, 12:20,13:20, 14:20, 16:00, 17:40, 18:20, 19:20

• 구천리 매표소 – 금강폭포 한계암 – 천황산 – 재약산 – 사자평 – 구천리 매표소

▲ 주변 먹을거리와 숙박 안내

• 표충사 입구 주차장 주변에는 사시사철 가든 형태의 식당들이 영업 중이다.
• 밀양 표충사 국민관광지 야영장 | 경상남도 밀양시 단장면 구천리 31-2번지 | 관리자: 밀양시청 문
화체육과: 055-359-5643, 표충사 종무소: 055-352-1070, 단장면사무소: 055-359-5761

얼음골 선녀폭포

위치: 경상남도 밀양시 산내면 남명리(얼음골 7부 능선)
크기: 높이 약 100m , 소(沼)의 둘레 약 5m(우기 때)

경상남도 양산시 원동면과 밀양시 단장면에 걸쳐 있는 천황산 폭포들은 하나의 산군에 고난이도의 빙폭들이 즐비하게 들어서 있어 겨울이 되면 전국 클라이머들이 빙벽 등반을 하기 위해 즐겨 찾는 곳이다. 그 중에서도 선녀폭포가 천황산에서 가장 높은 곳에 위치해 있어서 영남 지역에서 제일 먼저 결빙되므로 운문산 선녀폭포와 함께 빙벽등반의 전초기지로 각광받고 있다.

선녀폭포로 가려면 얼음골[1] 주차장을 산행 출발지로 잡으면 된다. 이곳에서 1시간 정도 올라가면 천황산(해발 1189m) 정상으로 향하는 이정표가 나오는데, 여기에서 좌측 정상 부근에 보이는 폭포가 얼음골 선녀폭포이다.

천황산에 위치한 선녀폭포는 낙차가 길며 물이 맑아 선녀가 놀았다는 전설이 전해져 내려오는 곳으로 3단으로 돼 있다. 하단은 약 5~6m 높이에 완만한 경사이고, 중단은 약 10m 높이에 80도 이상의 경사를 보이며, 상단은 약 85m 높이에 경사 85도 이상 급경사이다.

---

1) 얼음골은 제약산 북쪽중턱 해발 600~750m 골짜기의 약 9천 평 지대를 말하는데 얼음골이 신비한 점은 바로 여름에 얼음이 언다는 점이다. 현재 천연기념물 제224호로 지정되어 있는 얼음골은 3월 초에 얼음이 얼기 시작해서 7월 중순까지 얼음이 얼며 오히려 기온이 내려가는 그 이후부터 신기하게도 얼음이 녹는다는 아주 신비한 곳이다.

얼음골 선녀폭포

　선녀폭포와 천황산(사자봉)으로 오르는 길옆에는 동의굴이 자리하고 있다. "『동의보감』 저자 허준이 그의 스승 유의태를 해부하였다는 장소와 일치하는 점이 있어 동의굴이라 불리어진다"는 안내문이 붙어 있다.

　역사 기록대로라면 허준과 유의태(명의 유이태로 추정)는 동시대 사람이 아니다. 산청에서 명의로 이름난 유이태는 허준보다 후대에 태어났기 때문이다. 하지만 『소설 동의보감』대로 이야기를 엮는다면 허준이 시신을 해부한 곳은 이곳 동의굴이 아니라 운문산 얼음굴이 아니었나란 생각을 해본다. 동의굴을 여러 차례 답사해 보았지만 동굴 길이가 3m, 높이 2.5m, 너비 1.5m에 불과하기 때문에 사람이 기거할 장소로는 적합하지 않기 때문이다. 하지만 운문산(함화산) 얼음굴은 길이 20m, 높이 4.5m, 너비 15m로 사람이 살기에 적당하고, 사람을 눕히고 수술했을 법한 넓적한 바위도 있다. 또한 석골사 스님들과 이곳 마을사람들의 구전에 따르면 여름에는 얼음굴 얼음을 가져와 사용했다고 하니 수술하기에 적당한 환경이 조성된 것으로 보인다.

　동의굴을 지나고 너덜길을 조심스레 40여 분 정도 오르다보면 능동산과 천황산으로 이어지는 기점(샘물상회 부근)에 도착하게 되는데, 여기서 천황산까지는 30여 분 정도 소요된다.

얼음골 동의굴 안내문　　　　얼음골 동의굴

운문산(함화산) 얼음굴 입구　　　　운문산(함화산) 얼음굴 내부

▲ 찾아가는 길

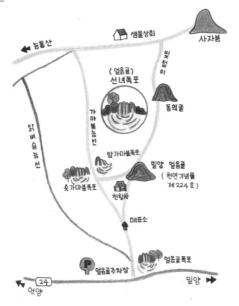

| 승용차 |

- 언양 – 석남사(24번 국도) – 석남터널 – 얼음골검문소 – 얼음골 주차장 – 얼음골 – 선녀폭포
- 경주 · 울산방면: 언양 IC – 석남사(24번 국도) – 선녀폭포

| 시외버스 |

- 밀양 방면 24번 국도 – 얼음골 입구 – 얼음골 주차장 – 선녀폭포
- 밀양행 시외버스는 석남사–얼음골: 1일 12회– 휴가철
  08:30 ,09:30,11:00,12:20,13:20,14:20,16:00, 17:40, 18:20, 19:20
  문의 – 밀양시외버스터미널 ARS 1688 – 6007

- 입장료 여름 휴가철 – 어른 기준: 1,000원   · 승용차 주차비: 2,000원

▲ 주변 먹을거리와 숙박 안내

- 아이스밸리 리조트: 055-356-7139/7140 | 밀양시 산내면 남명리 1-5번지 | 편의시설: 냉장고, TV, 무료 음료수, 옷장, 세면도구, 한식당, 레스토랑 | 입실 14:00~ 퇴실 12:00
- 석남사 입구: 시인과 촌장: 052-264-4707 | 비빔밥, 항아리수제비, 전통차, 장떡, 민속주
- 석남터널 부근 여러 개의 식당이 성업 중
- 포항상회: 018-569-0035 | 잔치국수, 찹쌀수제비, 파전, 동동주 등

얼음골폭포

위치: 경상남도 밀양시 산내면
크기: 높이 약 10m, 소(沼)의 둘레 약 100m

얼음골폭포는 얼음골로 향하는 들머리에 있다. 천황산(사자봉) 서북릉에서 발원한 물줄기가 암·숫 가마불폭포를 일으키고, 하류로 내려오면서 여름철 물놀이에 제격인 얼음골폭포를 만들어낸다.

계곡은 적당히 비가 내리고 물살이 세지는 여름철이 좋다. 용수골과 쇠점골, 얼음골에서 내려오는 물이 이곳에 모이므로 물놀이 장소로 적합하다. 그래서 여름철에는 수영장을 방불케 할 정도로 사람이 몰려든다. 400여 평의 물놀이장소는 물 반, 사람 반이라는 말이 정말 실감이 날 정도로 북새통을 이루기도 한다. 소는 그리 깊지 않으며, 중간 중간 아이들의 다이빙을 즐길 수 있는 바위 점프대, 햇빛을 가릴 수 있는 적당한 숲, 모나지 않은 돌, 자갈이 자연스럽게 조화를 이루고 있다. 해서 여름 피서 철이 다가오면 이른 아침부터 좋은 장소를 차지 하기위해 피서객들은 앞 다투어 이곳을 찾아오곤 한다. 또한 얼음골 폭포가 물놀이 장소로 널리 알려진 것은 얼음골의 시원한 물줄기가 더위를 식혀 주는 데 제격이기 때문이다고 피서객 들은 이구동성으로 이야기하곤 한다.

폭포에서 얼음골 매표소까지는 10여 분이면 갈 수 있다. 매표소 위쪽 방향으로 계속 오르면 얼음골과 암·숫 가마불폭포, 동의굴, 선녀폭포를 만날 수 있다. 또한 이곳에서 계속 산행을 이어 가려면 천황산(사자봉) 방향 과 최근 설치된 얼음골 케이블카 방향으로 가서, 능동산과 가지산으

얼음골폭포

얼음골폭포-여름 휴가철

로 이어지는 종주 산행도 가능하다.

얼음골 관람요금 안내				
구분	어른	청소년/군인	어린이	비고
개인	1,000	700	400	6세 미만 어린이, 65세 이상 어른
단체(30명이상)	700	500	300	국가유공자, 장애인 면제

▲ 찾아가는 길

| 승용차 |

• 언양 – 석남사(24번 국도) – 가지산터널 – 얼음골 주차장 – 다리 – 얼음골폭포

| 시외버스 |

• 밀양 방면 24번 국도 – 가지산터널 – 얼음골 주차장 – 다리 – 얼음골폭포
• 밀양행 시외버스는 석남사–얼음골: 1일 12회– 휴가철
  08:30, 09:30, 11:00, 12:20, 13:20, 14:20, 16:00, 17:40, 18:20, 19:20

• 입장료: 여름 휴가철 – 어른 기준: 1,000원, 승용차 주차비: 2,000원

얼음골폭포–겨울 빙벽

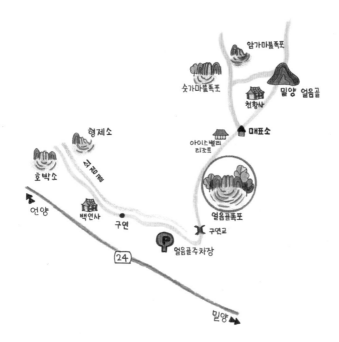

▲ 주변 먹을거리와 숙박 안내

· 아이스밸리 리조트: 055-356-7139/7140 | 밀양시 산내면 남명리 1-5번지 | 편의시설: 냉장
　고, TV, 무료 음료수, 옷장, 세면도구, 한식당, 레스토랑 | 입실 14:00~ 퇴실 12:00
· 석남사 입구: 시인과 촌장: 052-264-4707 | 비빔밥, 항아리수제비, 전통차, 장떡, 민속주
· 석남터널 부근 여러 개의 식당이 성업 중
· 포항상회: 018-569-0035

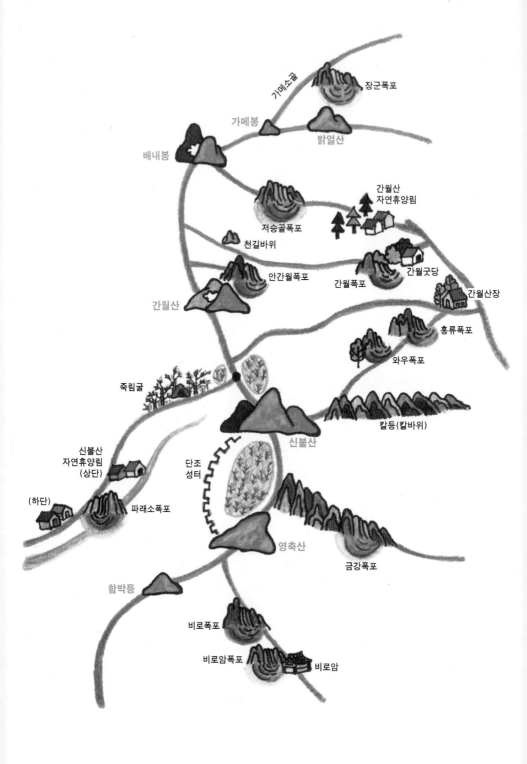

3부

간월폭포 肝月瀑布

위치: 울산광역시 울주군 상북면 등억리

크기: 높이 약 20m , 소(沼)의 둘레 약 5m

간월폭포는 간월산 간월공룡능선 우측 사면(천상골-우골)에서 발원한 물줄기가 급경사면을 타고 흘러내리면서 안간월폭포와 간월폭포를 일으키고, 그 물줄기는 작괘천으로 흘러 선바위를 지나 태화강으로 흘러든다.

간월폭포는 높이가 약 20m 정도로 여름 우기(雨期)에는 흐르는 물의 양이 많아 약 50m 이상의 폭포를 만들어낸다. 폭포 옆에 간월굿당이 자리잡고 있어 폭포가 잘 보이지 않지만 출입하는 데는 별 지장이 없다. 계곡

간월폭포

간월폭포

입구나 굿당 조금 못 미치는 계곡 주변에는 뛰어난 소와 담이 어우러져 여름철 계곡 물놀이 지역으로는 안성맞춤인 곳이다.

폭포를 찾아 계곡을 따라 올라가면서 이런 글귀가 생각나 읊조려 본다.

不隨萎萎地　　질질 땅에 끌려다니지 말고
불 수 위 위 지

隨處作主人　　가는 곳마다 주인이 되라!
수 처 작 주 인

산행을 하면서 종종 되새기는 글귀이다. 마음을 다잡으며 산으로 발길을 재촉하다 보면 어느새 마음이 평온해진다. 간월폭포를 지나 임도를 따라 10여 분 정도 오르면 간월재로 오르는 등산로와 만나게 된다. 안간월폭포는 간월폭포에서 천상골을 지나 주계곡인 지시골을 따라 1시간 이상 더 올라가야 한다.

간월폭포, 좌측건물이 간월굿당임　　　　간월폭포 위 무명폭포

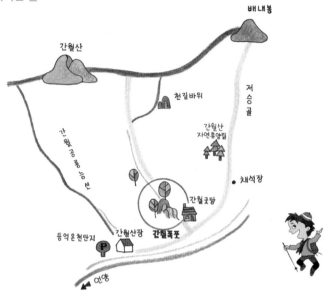

| 승용차 |

• 언양 – 작천정 – 등억온천단지 – 간월자연휴양림 방향 – 알프스산장 – 간월굿당 – 간월폭포

| 시외버스 |

• 언양 – 작천정 – 등억 – 신리 하차 – 간월 – 간월굿당 – 간월폭포

• 등억과 신리를 지나서 승용차로 간월자연휴양림 방향으로 약 5분 정도 가다보면 주위에 여러 개의 산장(가든 형태의 민박촌)이 보인다.

• 언양에서 323번 버스를 타고 간월입구 온천교에 내린다. 홍류상회를 지나 천상골가든과 알프스산장을 지나면 이정표가 보인다. 좌측이 들머리다. 여기에서 간월굿당까지 500m, 간월산까지 3.4km이다.

▲ 주변 먹을거리와 숙박 안내

• 작괘천 주변에는 식당들이 즐비하게 들어서 있으며 성황리에 영업 중이다.
주요메뉴– 해물파전, 도토리묵, 비빔밥, 국수, 동동주

• 해돋이 가든: 052-263-0066 l 울주군 상북면 등억리 409-9번지 l 한방백숙, 옻닭, 오도리 등

• 먹고 쉬었다가: 052-263-1206 l 울주군 상북면 등억리 27번지 l 암소 생갈비, 생오리불고기, 생삼겹살, 백숙 등

안간월폭포 肝月瀑布

위치: 울산광역시 울주군 상북면 등억리
크기: 높이 약 200m , 소(沼)의 둘레 약 5m

간월산 안간월폭포는 영남 알프스 동쪽 사면에서 가장 높은 곳에 위치해 있다. 안간월폭포의 최상층 폭포를 보기 위해서는 경사도가 거의 70도 이상 되는 급경사 지역을 개척산행 형태로 접근해야 하기 때문에 산행이 까다롭다. 하지만 겨울철에는 빙벽을 타기 위해 많은 클라이머들이 위험을 무릅쓰고 이곳을 찾는다.

　안간월폭포 들머리는 간월굿당에서 100m쯤 오르다보면 간월재로 올라가는 등산로와 만나는 지점인데, 도로 우측으로는 철망이 쳐져 있다.

철망 옆 우측 등산로가 안간월폭포로 올라가는 기점이다. 이곳에서 100m쯤 오르면 주계곡 합수점인 지시골 초입이 시작된다. 합수점에서 오른쪽 등산로를 택하여 다시 20여 분 오르면 안간월폭포 하단이 나온다. 하단폭포를 감상한 뒤 주변을 둘러보면 중단폭포 올라가는 곳에 밧줄이 매달려 있는데, 밧줄을 이용하여 조심스럽게 산

안간월폭포-얼음 빙벽(우측)

안간월폭포

행을 이어갈 수 있다.

　험준한 길을 오르다보면 간월산 7부 능선쯤에 도착하게 된다. 그곳에서 보면 안간월폭포가 낭떠러지 아래로 떨어지는 아슬아슬한 전신을 볼수 있다. 안간월폭포는 3단 형태로 되어 있는데 하단, 중단, 상단폭포를 합치면 족히 200m 이상 된다.

　이 길을 끝까지 따라 올라가면 배내봉, 간월산 능선과 만나게 되는데, 여름철 계곡 산행을 겸한 폭포를 탐험하기에 는 더할 나위 없이 좋은 곳이다. 그러나 위험지역이 군데군데 도사리고 있으므로 안전에 신경 써야 한다.

또 다르게 안간월폭포로 올라가는 길은 등억온천 단지에서 간월산장을 지나 등산객들이 주로 이용하고 있는 간월산 공룡능선길을 따라 올라가는 것이다. 대략 7부 능선쯤에서 오른쪽으로 갈라진 작은 길을 따라가는데, 산 사면을 밧줄로 가로

안간월폭포-이른 봄

질러야 하기 때문에 초행자는 산행이 어렵다. 게다가 사람들의 왕래가 거의 없어 길 흔적이 끊어진 지 오래되었기 때문에 안내자가 없다면 이 길은 피해야 한다.

공룡능선길을 따라가 안간월폭포를 감상한 뒤 간월산이나 배내봉으로 계속 산행을 하려면, 폭포상단으로 올라가야 한다. 그곳에서 천길바위와 이어지는 작은 길이 보이는데 이 길을 따라가더라도 군데군데 길이 끊겨 있어 산행이 힘겹다. 계곡을 헤치고 능선을 따라 30여 분 개척산행 형태로 오르다보면 배내봉, 간월산과 이어지는 등산로를 만날 수 있다. 이곳에서 배내봉까지는 30~40여 분, 간월산 정상까지는 20분이면 도착할 수 있다.

안간월폭포로 올라가는 두 길은 계곡 산행과 능선 산행을 동시에 즐길 수 있는 코스로 스릴을 즐기려는 등산 마니아들이 주로 찾는 곳으로 소문나 있다.

▲ 찾아가는 길

| 승용차 |

• 언양 – 작천정 – 등억온천단지 – 간월자연휴양림(방향) – 알프스산장 – 간월굿당 – 천상골 들머리
  – 합수점 – 안간월폭포

| 시외버스 |

• 언양 – 작천정 가는 버스 – 작천정 – 등억 – 신리(하차) – 간월 – 간월굿당 – 천상골 들머리 – 합수점
  – 안간월폭포
• 등억과 신리를 지나서 승용차로 간월자연휴양림 방향으로 약 5분 정도 가다보면 주위에 여러 개
  의 산장(가든형태의 민박촌)이 보인다.
• 간월굿당이 있는 곳이 안간월폭포로 오르는 들머리이다.
• 언양에서 323번 버스를 타고 간월입구 온천교에 내린다. 홍류상회를 지나 천상골가든과 알프스
  산장을 지나면 이정표가 보인다. 좌측이 들머리다. 여기에서 간월굿당까지 500m, 간월산까지
  3.4km이다.

▲ 주변 먹을거리와 숙박 안내

• 작괘천 주변에는 식당들이 즐비하게 들어서 있으며 성황리에 영업 중이다.
  주요메뉴 – 해물파전, 도토리묵, 비빔밥, 국수, 동동주
• 해돋이 가든: 052-263-0066 | 울주군 상북면 등억리 409-9번지 | 한방백숙, 옻닭, 오도리 등
• 먹고 쉬었다가: 052-263-1206 | 울주군 상북면 등억리 27번지 | 암소 생갈비, 생오리불고기,
  생삼겹살, 백숙 등

저승골폭포

위치: 울산광역시 울주군 상북면 등억리
크기: 높이 약 40m , 소(沼)의 둘레 약 20m

저승골폭포를 찾아가는 길은 간월산 자연휴양림을 지나 채석장 뒤편 계곡으로 접어들면 곧장 이어진다. 그 들머리에 3m 정도의 폭포를 만난다. 이 폭포에서 10여 분 진행하다보면 좌우측의 합수점(Y자 형태)이 나오는데 이곳에서 우측으로 가면 저승골이 나온다. 일단 좌측은 무시하고 우측으로 올라가자. 좌측은 하산할 때 간월산 자연휴양림 방향으로 하산하면서 답사할 수 있기 때문이다

산행길은 멀고도 험하다. 길 형태가 거의 없으며, 바위를 타고, 때론 우회를 하면서 올라가야 하기 때문이다. 처음 출발지에서 1시간 정도 오르면 저승골폭포가 나타나는데, 옆 사진에서 보듯이 2단 형태의 폭포로 높이가 약 40m이다. 거의 직폭에 가까울 정도로 흘러내리고, 아래에는 둘레가 약 20m인 소가 있다. 저승골폭포는 영남 알프스 산군의 중심축에 위치한 배내봉(966m)과 964m 봉에서 발원한 물줄기가 가파른 계곡을 타고 동으로 흘러내리면서 작괘천을 따라 태화강까지 흘러든다.

저승골폭포에서 오른쪽 비탈을 조심스럽게 10분 정도 오르면 골짜기 곳곳에는 높이가 4~5m의 정도의 폭포가 연거푸 하얀 물살을 뱉어내고, 깊이를 알 수 없는 수많은 소와 담이 보인다. 그곳은 금방이라도 물속으로 뛰어들고 싶은 충동을 갖기에 충분하다.

저승골폭포에서 30여 분 정도 계곡을 따라 바위를 타고 오르다보면,

저승골폭포

또 하나의 폭포가 숨어 있다. 높이가 5m 정도 돼 보이는데, '저승골 이끼
폭포'라 부르고 싶었다. 이끼가 수북이 덮인 바위를 가르며 고요한 골짜
기로 흐르기 때문이다.

위로 올라갈수록 계곡은 물길을 다하면서 가파를 뿐만 아니라 군데군데 칼날 같은 돌들이 널부러져 있다. 조심에 또 조심을 하면서 30여 분 계곡을 치고 오르면 길은 사라져 버린다. 개척 산행 형태로 대각선 방향으로 진행하다보면 배내봉 주능선과 이어지는(100여 미터 못 미치는 지점) 바위 전망대 부근에 도착하게 된다.

여기에서 산행은 여러 방향으로 가능하다. 처음 출발지를 기준으로 간월산을 지나 간월재로 원점 회귀하는 코스와 배내봉(966m)에서 기분 좋은 능선을 따라 가메봉(788m)과 밝얼산(739m)을 거쳐 채석장 앞 주차장으로 내려오는 코스이다.

저승골폭포-겨울 빙벽

저승골 이끼폭포

저승골의 무명폭포

저승골은 안간월폭포가 있는 천상골과 쌍벽을 이루리만큼 골이 깊고 험한 곳이다. 저승골이란 이름처럼 섬뜩한 느낌도 드는 곳이다. 또 저승골은 사람의 발길이 뜸한 탓으로 등산로가 없다. 계곡을 타고, 오르고, 때로는 우회를 하는 산행 내내 위험이 도사리고 있어 항상 조심해야 하며, 가끔씩 보이는 선답자의 시그널(리본)을 잘 보고 가야 한다.

저승골에 내려오는 이야기를 배성동 작가가 '영남 알프스 오디세이'에서 실감나게 풀어놓았기에 옮겨 본다.

◆ 앞 못 보는 부모 고려장하던 씩식이 망치

저승골 상류 계곡은 거칠었다. 작수폭포 우측 계곡은 저승골 관문이고, 좌측 계곡은 '씩식이 망치(식식이골을 지역 사람들은 씩식이 망치라 부른다)'이다. 우선 씩식이 망치에 있는 저승문부터 열어보기로 하였다. 과거 산판이었던 울창한 숲길을 오르자 염소막과 숯가마터가 띄엄띄엄 눈에 띄고, 산판길 끄트머리쯤에서 저승문이 나타났다.

자궁 같은 저승문에서 대야 물이 펑펑 쏟아졌다. 상류는 두 개의 계곡으로 갈라졌고, 한참을 오르자 또다시 두 계곡이 터져 있었다. 오르는 내내 디딘 돌은 살아 있는 듯 불안하고, 깎아지른 바위는 이내 자빠질 것 같았다. 범이 새끼를 키우던 범굴이 멀찍이 보였지만 청이끼 긴 장대한 폭포를 기어오를 재간이 없었다. 기력이 쇠한 노인네를 업어다 두면 빠져나갈 수 없는 골짜기임이 분명해 보였다. 노부모를 업어다 버리려고 사전 답사를 나온 아들 마음인 양 괜스레 초조해졌다.

하늘이 가려진 음산한 골짜기에서 불어오는 바람 소리는 '조리쟁이' 영감의 단소 가락이듯 흐느꼈다. 이곳에서 멀지 않은 상북 고을 천전고개의 고려장은 땅을 파서 구덩이에 사람을 넣고 못 빠져나오게 그 위로 돌을 얹는 형식이라면, 이곳의 고려장은 생사람을 내려다 놓고 줄행랑을 쳤다. 밖으로 나갈 수 없는 노인네들은 굶어 죽거나, 맹수의 밥이 되었다.

◆ 제발 저승골에 가지 마시라

한편 작수폭포 우측에 있는 저승골을 정복하려면 위태위태한 여러 협곡을 지나야 했다. 첫 관문인 지옥문을 들어서자 폐쇄판이 철컥 닫힌 감옥이 되었다. 이제 입구는 막혔고, 출구는 V자 협곡이다. 가랑이가 찢어지도록 V자 협곡을 타고 올랐다. 블랙홀 같은 깊은 협곡 속으로 빨려들수록 도깨비 협곡은 점점 깊어졌다. 식은땀으로 멱을 감으며 깎아지른 암벽을 악착같이 타고 올랐다. 이어서 구렁이 협곡이 나왔다. 매끈매끈한 구렁이 암벽을 끌어안으려 해도 마땅히 잡을 만한 데가 없었다. "이럴 땐 손발이 문어 빨판이었으면……" 하고 속으로 뇌었다. 마지막으로 좌우 두 개의 폭포를 거느린 죽음의 협곡이 펼쳐졌다. 이 협곡만 넘어서면 배내봉을 오르는 말무재 8부 능선길을 만날 수 있었다. 폭포와 폭포 사이에 병풍처럼 펼쳐진 죽음의 암벽을 오르는 내내 물보라에 눈을 뜰 수가 없었다. 발아래로 굉음을 내며 떨어지는 돌은 바닥에서 박살이 났다. 아차 하는 순간 골통이 부서질 징조였다. 체력은 차츰 소진되어 철거머리와 안타깨비 손발이 떨렸다. 까악, 까악, 어느새 머리맡으로 날아든 까마귀가 유혹하였다. 독기를 품는 떠돌이 시인의 눈을 본 까마귀는 "독종이네" 하며 동녘으로 휭 하니 날아갔다. 수직 암벽에 달라붙어 내려가지도 올라가지도 못하는 진퇴양난 상황. 그때, 발을 헛디딘 노루 한 마리가 까마득한 협곡 아래로 곤두박질을 하였다.

▲ 찾아가는 길

| 승용차 |

- 언양 – 작천정 – 등억온천단지 – 간월산 자연휴양림(방향) – 알프스산장 – 간월산 자연휴양림 – 간월 채석장 – 저승골폭포

| 시외버스 |

- 언양 – 작천정 – 등억 – 신리(하차) – 간월 – 간월산 자연휴양림 – 간월 채석장 – 저승골폭포
- 등억과 신리를 지나서 승용차로 간월산 자연휴양림 방향으로 약 5분 정도 가다보면 주위에 여러 개의 산장(가든 형태의 민박촌)이 보인다. 이곳에서 안쪽으로 조금만 더 가면, 출입금지를 알리는 팻말과 골재채석장이 보인다. 이 골짜기가 저승골로 향하는 들머리이다.
- 언양에서 323번 버스(07:15 08:15 09:50 10:50)를 타고(언양터미널 후문쪽) 간월입구 정류장(온천교)에 내려서 홍류상회를 지나 채석장으로 향함.
- 간월입구 정류장(온천교) – 언양: 323번 버스(13:25 15:25 17:25 19:25) 언양터미널

▲ 주변 먹을거리와 숙박 안내

- 작괘천 주변에는 식당들이 즐비하게 들어서 있으며 성황리에 영업 중이다.
  주요메뉴– 해물파전, 도토리묵, 비빔밥, 국수, 동동주
- 해돋이 가든: 052-263-0066 | 울주군 상북면 등억리 409-9번지 | 한방백숙, 옻닭, 오도리 등
- 먹고 쉬었다가: 052-263-1206 | 울주군 상북면 등억리 27번지 | 암소 생갈비, 생오리불고기, 생삼겹살, 백숙 등

장군폭포

위치: 울산광역시 울주군 상북면 길천리
크기: 높이 약 20m , 소(沼)의 둘레 약 3m

밝얼산과 가메봉의 두 능선에서 발원한 물줄기가 지곡천으로 흘러들면서 지곡저수지를 만들고, 다시 언양 작패천과 태화강으로 흘러든다. 장군폭포에 대한 지명의 유래는 뚜렷이 없으나 이 폭포 옆에는 항상 기도하는 무인들의 움막이 있다. 이곳에서 기도하면 영험한 신을 받을 수 있다고 하여 붙인 이름 같다.

장군폭포는 멀리서 바라보면 누운 폭포로 보이나 가까이 접근하여 자세히 살펴보면 2단 형태의 폭포로 중간에 깊게 파인 소가 있다. 소는 등골이 오싹할 정도로 그 위용이 대단하다.

깊게 파인 소의 세찬 물줄기 사이로 금방이라도 말을 탄 장군도사가 물길을 헤치고 솟구쳐 나올 것처럼 신비롭다.

장군폭포를 찾아가려면 거리마을로 향하다가 거리마을 표지석을 보고 우회전하여 오른쪽에 넓은 운동장을 찾아가야 한다. 논 옆 아스팔트길을 따라 왼쪽에 정자나무가 있는

장군폭포 중간지점 소

장군폭포

밝얼산 정상 표지석

하동마을 버스 승강장을 지나면 거리마을 회관과 버스 승강장이 있는 사거리가 나온다.

사거리에서 직진하여 마을 논길 포장길을 따라 계속 들어가면, 오른쪽에 지곡저수지가 나오고, 같은 방향으로 마을도로를 따라 직진하면 정자(당사)나무가 있는 공터 사거리에 도착한다. 이곳에서 약간 큰 등산로를 따라 오르면 이곳 주민들의 식수원인 취수장을 만나게 되는데(고무호수가 보임) 좌측계곡 들머리에서 50여 미터 지점에 2단 형태의 장군폭포가 있다.

오른쪽 계곡을 따라가면 사시사철 수량이 풍부한 지곡천의 맑은 물이 넓은 반석 위로 미끄러지듯 흘러내린다. 계곡 건너편은 자연과 아이들 수목원과 경성대학교 전통학습장이 있다. 이곳에서 산행을 계속하려면 배내봉(960m)으로 향하는 등산로나 밝얼산(739m)으로 이어지는 등산로로 산행을 계속 이어갈 수 있다.[1]

---

[1] 산행에 관한 사항은 『울산의 산과 계곡 이야기』(상, p.40)를 참고하시기 바란다.

▲ 찾아가는 길

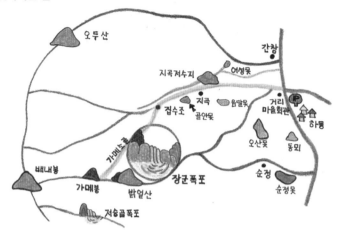

| 승용차 |

• 언양 – (길천)지곡마을 – 지곡저수지상류 – 서나무4그루 – 집수조(물탱크) – 장군폭포

| 시외버스 |

• 언양(323번 버스) – 상북면사무소 – (거리)지곡마을 – 지곡저수지상류 – 서나무 네그루 – 집수조(물
탱크) – 장군폭포

• 언양에서 석남사 방향 24번 국도를 따라 밀양(석남사) 방향으로 간다.
• 상북농협을 지나 상북면 주민자치센터 있는 곳에서 이정표를 보고 좌회전하면 바로 울산 12경
작괘천이란 간판이 보인다.

▲ 주변 먹을거리와 숙박 안내

• 석남사 입구: 시인과 촌장: 052-264-4707 | 비빔밥, 항아리수제비, 전통차, 장떡, 민속주
• 가지산 탄산유황온천: 052-254-2216 | 울산광역시 울주군 상북면 덕현리
• 숙박 | • 운문산 자연휴양림: 054-371-1323   • 석남사산장: 052-264-5300
• 해돋이 가든: 052-263-0066 | 울주군 상북면 등억리 409-9번지 | 한방백숙, 옻닭, 오도리 등
• 먹고 쉬었다가: 052-263-1206 | 울주군 상북면 등억리 27번지 | 암소 생갈비, 생오리불고기,
생삼겹살, 백숙 등

금강폭포

위치: 울산광역시 울주군 삼남면 가천리
크기: 높이 약 100m , 소(沼)의 둘레 약 5m

금강폭포[1]는 영축산 동북 사면과 신불평원에서 발원한 물줄기가 금강골로 흘러들어 만들어진다. 그 물은 장제저수지, 심천저수지, 가천저수지를 거쳐 태화강까지 흘러든다.

금강폭포는 하단, 중단, 상단으로 나누어져 있으며, 높이가 약 100m 정도다. 여름 우기(雨期) 때는 흐르는 물의 양이 많아 멀리서 바라만 보아도 폭포 경관에 매료되어 탄성을 자아내지만, 건기(乾期) 때는 암벽을 연상하리만큼 물의 양이 적은 편이다. 대부분의 폭포 하단에는 소나담이 있으나 이곳 금강폭포 아래에는 고여 있는 물의 양이 적은 것이 결점이다.

금강폭포 전체를 감상하려면 하단폭포 좌측 너덜길로 가야 한다. 들머리부터 위험한 구간이 곳곳에 도사리고 있으므로 산행 경험이 다소 있는 사람들

금강 1폭포

1) 금강폭포, 금강골은 옛날 금광을 캤던 광산이 있어 불린 지명으로 알려짐.

금강폭포

만 이 길을 이용하길 바란다. 바위를 타고 오르다보면 군데군데 로프가 설치되어 있어 조심해서 올라가면 에베로 릿지 중간 기점까지 갈 수 있다.

금강폭포는 아래쪽 폭포를 하단폭포, 그 위의 폭포를 중단폭포라 한다. 중단폭포가 가장 길고 경사도도 크다. 높이가 70여 미터 정도로 그 장엄함에 소름이 끼칠 정도다.

금강폭포   진희영

신불산 금강골에 아침햇살 비치면
아리랑 쓰리랑 릿지 님 불러 손짓하고

금강폭포-겨울 빙벽

아리랑 쓰리랑 릿지

에베로 릿지 열 두봉은 산신들의 공연장

신비로운 신불산! 영험한 영축산!
금강골 내린 물은 장재천을 돌고 돌아
심천지 맑은 물을 일시에 담아내세

홍류골 저승골은 작쾌천으로 흘러들고
파래소 깊은 물에 명주실을 풀어볼 때
운무 속에 출렁이는 신불산 억새평원

사람들은 나를 찾아 제 멋대로 들락대고
가슴 열어 보였더니 속살까지 훔쳐보다
달 떠오는 간월재로 님 찾아 나서는데

공룡 능선, 간월 능선 봉마다 아득하고
외로운 바위틈에 홀로선 낙락장송
억겁의 세월 속에 무슨 사연 품었던가

나그네 서러움에 길 잃은 집시처럼
모진풍파 헤쳐 가며 천년을 기다리다
그 이름 불러본다 금강폭포! 금강폭포!

하단폭포에서 이어지는 등산로는 중단폭포 좌측으로 나 있다. 군데군데 시그널과 밧줄이 설치되어 있어 길을 잃을 염려는 없으나 밧줄이 없으면 산행이 힘겹다.

계곡 너덜길을 따라가다보면 더 이상 진행이 힘든 지점이 나타난다. 이곳에서 우측 주계곡을 바라보면 시그널이 달려 있다. 바위 지대를 지나고 계곡을 끝까지 올라가야 된다는 생각으로 한발 한발 올라가면, 에베로 릿지 상단 전망대바위 바로 위와 연결된다. 에베로 릿지 전망바위 이후로는 또 큰 바위전망지대가 연결되고, 이후 등산로는 별 어려움이 없으므로 수월하게 영축산 주능선 신불평원에 올라설 수 있다. 신불평원에서 영축산 정상까지는 20여 분, 신불산 정상까지는 30여 분이 소요되고, 파래소 폭포까지는 1시간 정도 소요된다.

▲ 찾아가는 길

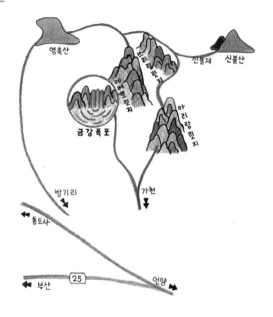

| 승용차 |

• 강당마을(0.8km-10분) - 신불사(1.0km-20분) - 영진유화연수원(1.2km, 30분) - 갈림길(1.2km, 40분) - 금강폭포

| 시외버스 |

• 언양 - 가천 마을버스 주차장에서 하차 - 장제마을을 지나 연수시설에서 30분 정도 소요
  언양 - 부산 간 시외버스: 10분 간격 운행
• 언양에서 12번 버스를 타고 삼남중학교 다음 정류소인 가천정류소에 하차한다.

▲ 주변 먹을거리와 숙박 안내

• 통도사 입구에 숙박 업소와 식당이 성업 중이다.
• 숙박 | • 자연관광호텔: 055-381-1010 • 통도사관광호텔: 055-382-7117
• 놀이시설 | • 통도환타지아: 055-370-3000~3008

홍류폭포 虹流瀑布

위치: 울산광역시 울주군 상북면 등억리 신불산 중턱

크기: 높이 약 33m, 소(沼)의 둘레 약 30m

홍류폭포(虹流瀑布)는 신불산을 대표하는 폭포다. 신불산 험로(현재 폐쇄 등산로)와 공룡능선 사이에서 발원한 물줄기가 계곡을 흘러내리면서 33m의 절벽에서 떨어지는 폭포수는 봄이면 무지개가 피어난 듯하고, 겨울이면 벼랑 끝에 고드름이 매달린 풍경이 백설이 쌓인 듯하다.

한여름 무더위을 식히며 폭포수를 바라보노라면 중국의 시성 이백(李白)의 시 「망여산폭포(望廬山瀑布)[1]」에 나오는 '비류직하삼천척(飛流直下三千尺)'이란 구절을 연상케 할 만큼 그 경관이 뛰어나다.

日照香爐生紫煙 일 조 향 로 생 자 연	해가 향로봉을 비추니 자줏빛 안개가 일어나고
遙看瀑布掛長川 요 간 폭 포 괘 장 천	멀리 폭포를 바라보니, 긴 강이 걸려있구나
飛流直下三千尺 비 유 직 하 삼 천 척	날아 솟았다 바로 떨어진 물줄기 삼천 척
疑是銀河落九天 의 시 은 하 락 구 천	아마도 은하수가 구천에서 떨어지는 듯하구나.

1) 이백(701-762)이 여산폭포를 바라보면서 지은 시로 칠언절구(七言絶句)로 되어있다. 물줄기가 날아 흘러 곧바로 삼천 척이나 떨어진다는 말로, 웅장하고 멋진 폭포의 모습을 뜻함. 여산폭포는 중국 강서성(江西省) 구강(九江)시 남쪽에 위치한 폭포로 높이가 150m나 된다.

홍류폭포

홍류폭포는 인근 울산, 양산, 부산지역 사람들이 즐겨 찾는 곳이다. 폭포 물줄기는 이백의 시처럼 긴 강이 걸려 있는 듯해서, 이 폭포를 보려고 사시사철 등산객들이 구름처럼 몰려든다.

영남 알프스 하늘억새길

구간	이름	경로	거리(m)	예상소요시간
1구간	억새바람길	간월재~영축산	4,507	3시간
2구간	단조성길	영축산~죽전마을	6,600	2시간30분
3구간	사자평 억새길	죽전마을~천황산	6,840	4시간
4구간	단풍사색길	천황산~배내고개	7,012	3시간30분
5구간	달오름길	배내고개~간월재	4,816	3시간

홍류폭포에서 이어지는 등산로는 크게 두 곳으로 분류할 수 있는데, 신불산 공룡능선 코스와 간월재로 오르는 코스로 어느 곳을 택하여 산행을 하더라도 주변의 경관은 빼어나다. 간월재는 최근 영남 알프스 산악 관광지 개발과 더불어 많은 사람들이 몰리고 있다.

작괘천 정각

하늘억새길은 영남 알프스의 대표 자원인 억새를 활용, 간월산과 신불산, 영축산 등에 산재돼 있는 억새평원을 연결한 길이다. 억새 테마를 적절히 이용해 총 19km에 달하는 억새길을 조성한 것이다. 2012년부터 2015년까지 테마로드길과 포토존, 생태목장 등이 조성된다고 한다.

작괘천 경관

▲ 찾아가는 길

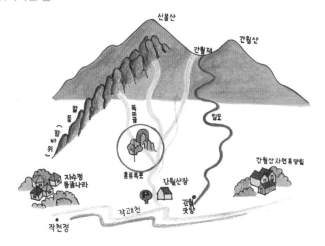

| 승용차 |

• 언양 – 작천정 – 등억온천단지 – 간월산장 – 주차장 – 홍류폭포

| 시외버스 |

• 언양 – 작천정버스 주차장 – 등억온천단지 – 간월산장 – 홍류폭포

▲ 주변 먹을거리와 숙박 안내

• 산행을 마치고 등억으로 내려오면 등억온천에서 피로를 풀 수 있다.
• 작괘천 주변에는 식당들이 즐비하게 들어서 있으며 성황리에 영업 중이다.
  주요메뉴– 해물파전, 도토리묵, 비빔밥, 국수, 동동주
• 간월산장: 052-262-3141, 010-3594-4238, 010-4574-1054 | 울주군 상북면 등억리
  640-1 | 족구장2, 민박, 식당, 편의점 이용 가능
• 해돋이 가든: 052-263-0066 | 울주군 상북면 등억리 409-9번지 | 한방백숙, 옻닭, 오도리 등
• 먹고 쉬었다가: 052-263-1206 | 울주군 상북면 등억리 27번지 | 암소 생갈비, 생오리불고기,
  생삼겹살, 백숙 등

와우폭포 渦又瀑布

위치: 울산광역시 울주군 상북면 등억리 홍류폭포 위

크기: 높이 약 40m , 소(沼)의 둘레 약 10m

와우폭포는 신불산 중앙 능선에서 발원한 물줄기가 계곡을 흘러내리면서 만들어졌으며, 그 물줄기는 작괘천까지 흘러든다. 홍류폭포 상단에 위치했지만 홍류폭포의 명성에 가려져 아직 일반인들에게 잘 알려지지 않은 폭포이다. 우기 때는 흐르는 물소리가 천지를 진동하지만 건기 때는 암벽처럼 보일 만큼 물의 양이 적어 폭포의 모습을 제대로 감상하기가 어렵다. 여름에 계곡을 따라 등반을 하다보면 폭포에서 흐르는 물소리가 마치 '와' 하고 환호성을 지르는 것처럼 들려, 산꾼들이 '와우폭포' 혹은 '와와폭포'라 부른다.

와우폭포는 3단 형태의 와폭으로 신불산 산신령이 또 다른 비경을 이곳에 숨겨 놓았다고 말할 만하다. 폭포 상단으로 계속 산행을 하려면 신불산 중앙 능선으로 산행이 가능하나 길이 험해서 등산로 폐쇄 구간으로 알려져 있다.

와우폭포-겨울 빙벽

와우폭포

▲ 찾아가는 길

| 승용차 |

• 언양 – 작천정 – 등억온천단지 – 간월산장 – 주차장 – 홍류폭포 – 와우폭포

| 시외버스 |

• 언양 – 작천정버스 주차장(하차) – 등억온천단지 – 간월산장 – 홍류폭포 – 와우폭포

▲ 주변 먹을거리와 숙박 안내

• 작괘천 주변에는 식당들이 즐비하게 들어서 있으며 성황리에 영업 중이다.
   주요메뉴– 해물파전, 도토리묵, 비빔밥, 국수, 동동주
• 간월산장: 052-262-3141, 010-3594-4238, 010-4574-1054 | 울주군 상북면 등억리
   640-1 | 족구장2, 민박, 식당, 편의점 이용 가능

파래소폭포

위치: 울산광역시 울주군 상북면 이천리
크기: 높이 약 15m , 소(沼)의 둘레 약 100m

간월산과 신불산의 물줄기가 왕봉골로 흘러내리면서 파래소폭포를 만들고, 배내천을 돌아 밀양댐에 이른다. 파래소폭포는 울산의 12경 중의 하나로 산이 높고 골이 깊어 항상 수량이 많은 편이다. 삼림욕을 할 수 있는 자연휴양림이 폭포 상단과 하단에 있어 수많은 등산객들이 이곳을 찾는다.

이곳 주민들은 처음엔 파래소폭포를 '바래소'라고 했는데, 이것은 가

파래소폭포

파래소폭포

뭄이 심할 때 기우제를 이곳에서 지내면 바라던 대로 비가 내렸다고 해서 붙여진 이름이다.

　소의 중심은 수심이 깊어 명주실 한 타래를 풀어도 끝이 닿지 않았다는 전설이 전해 내려오고 있다. 호박소, 철구소와 함께 울산의 3대 소라 불리며, 이 세 곳이 지하로 연결되어 있어 여기에 살던 이무기 삼형제가 서로 오가며 지냈다는 전설도 전해지고 있다.

　파래소폭포를 구경하고 시간이 허락한다면 아름다운 오솔길을 따라 올라가보자. 계곡 물소리와 아기자기한 길이 정겹기 그지없다. 오솔길 옆에는 울산 달천에서 가져온 광석을 녹여 쇠를 뽑아내던 쇠부리터와 아연을 채굴했던 백련광산이 남아 있다. 오솔길을 벗어나 왕봉골(왕방골) 중간

파래소폭포(빙폭)

지점인 신불산자연휴양림 상단 계곡을 따라 오르면 간월재와 이어지는 환상의 트레킹[1] 길이 열린다. 왕봉골(왕방골)은 신불산과 간월산을 가르마처럼 가른 긴 협곡으로 그 길이는 30리에 달할 정도이다. 이곳은 원시림이 우거져 쫓기는 자의 은신처가 되곤 하였는데, 천주교 신도들의 애환이 고스란히 남아 있는 죽림굴(竹林窟)도 이 골짜기에 남아 있다.

　죽림굴은 대재공소라 불리던 천주교 성지다. 산죽이 동굴 입구를 가리

---

1) 트레킹(treking)이란 말은 남아프리카 원주민들이 달구지를 타고 수렵을 찾아 정처 없이 집단 이주한 데서 그 유래를 찾아볼 수 있다. 소달구지여행, 고된 여행, 집단여행, 탐험여행 등의 뜻을 가지고 있다. 하지만 근래에 와서는 전문 등산보다는 좀 가벼운 산행과 모든 종류의 야외활동을 포함한다.

고 있어 '죽림굴'이라 불렀으며, 울산. 언양 지역에 만들어진 두 번째 공소이다. 석남사 위 쌀티마을과 더불어 언양 지역에 천주교가 포교되는 고통의 역사를 말해 주는 대표적인 곳으로, 휴일이면 영남 일대의 천주교 교인들이 차를 타고 이곳을 찾아오곤 한다. 경신박해 때, 최양업 신부가 이곳에서 약 4개월간 은신하며 미사를 집전하였고, 1860년 9월 3일자로 된 그의 마지막 서한을 남긴 곳이기도 하다.

왕봉골에 흩어져 살던 신자들은 숯, 목기, 도자기를 만들며 생계를 유지하다가 포졸들이 간월재에 나타나면 이 굴에 숨어 지냈다고 한다. 경신박해 때 20여 명의 신도가 체포되고 그 뒤 100여 명의 신도가 박해를 당하자 28년 만에 대재공소를 폐쇄해 버렸다.

죽림굴 안을 살펴보면 30~40여 명이 들어갈 수 있는 크기다. 신자들이 포졸들에게 발각되지 않으려고 생쌀을 물에 담가 먹으며 습기가 많은 이곳에서 살았다 하니 신도들의 고통을 가히 짐작할 수 있을 것 같다.

'언양선교 2백년사 편찬위원회'의 노력으로 1986년 발견된 국내 유일의 석굴 공소로 고증되었으며, 1996년 천주교 부산교구가 이곳에 유적지 비석을 세웠다.

죽림굴

죽림굴 내부

▲ 찾아가는 길

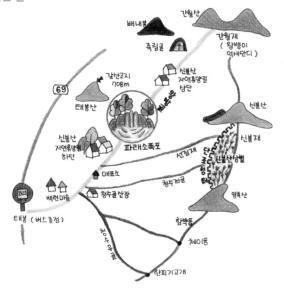

| 승용차 |

• 울산 – 언양 – 석남사 – 배내골 – 이천리 버스종점 – 신불산 자연휴양림(하단) – 파래소폭포

| 시외버스 |

• 언양시외버스 터미널 – 석남사 – 배내골 – 이천리 – 태봉 – 신불산 자연휴양림(하단) – 파래소폭포
• 울산에서 석남사를 지나 배내고개를 넘어 10여 분 가면 된다. 이천리 버스 종점에 내려 파래소 폭포까지 걸어가면 40여 분 소요된다.
• 승용차로 파래소폭포 입구(신불산자연휴양림)까지 갈 수 있다. 주차장에서 폭포까지는 약 1km쯤 되는데 25분 정도 소요된다.

▲ 주변 먹을거리와 숙박 안내

• 신불산 자연휴양림 | www.huyang.go.kr | 관리사무소: 055-383-6493 | 상단지구 매표소: 052-254-2124 | 하단지구 매표소: 052-254-2122
  입장료는 성인 1인 1천원, 주차비 1대당 3,000원, 단독용 숲속집이용 1박-10평:45,000원, 15평50,000 원)이고, 취사시설과 냉장고를 갖추고 있으며, 숲속집 이용은 인터넷으로만 예약이 가능하다. 사용 전월 1일 부터 예약해야 한다. 야영 텐트장은 30여 군데 있으며 요금은 4,000원이다.
• 배내산장: 055-387-3292 | 경남 양산시 원동면 선리 95-3 | 펜션 2동 (객실 총8실 펜션형 5실, 일반형 3실), 산촌 요리 전문점 1동

비로폭포 毘盧瀑布

위치: 경상남도 양산시 상북면(통도사 비로암 서북쪽 600m 지점)
크기: 높이 약 40m, 소(沼)의 둘레 약 5m

영축산 영축 능선(1080m)과 함박등(1052m)에서 발원한 물줄기가 가파른 암능을 타고 내리면서 비로폭포를 만들고 양산천으로 흘러든다.

양산시에서 홍보하는 통도 팔경(通度八景) 비로폭포는 비로암[1] 서북쪽 30미터 거리에 있는 폭포이다. 이 폭포 이름은 '비로폭포'가 아니라 '비로암폭포'이다. 물소리가 비로암에서 들리는 목탁소리처럼 맑다고 한다. 비로폭포는 비로암 서북쪽 600m 지점에 있다.

비로폭포를 찾아가려면 통도사 비로암 옆으로 난 길을 따라가야 한다. 20여 분 오르면 영축산 정상으로 향하는 등산로와 함박등(험로라 표시되는 좌측 방향 영축 능선)으로 향하는 갈림길에 도착하게 된다. 함박등 방향은 등산로 폐쇄 표시가 되어 있지만, 이곳으로 올라야 비로폭포를 볼 수 있다. 폐쇄 표시를 무시한 채 개울을 건너고

통도사 내 비로암

1) 대한불교 조계종에 속하는 사찰로 통도사의 산내암자 중 하나이다. 1345년(고려 충목왕 원년) 승려 영숙(靈淑)이 창건하였다고 기록되어 있다. 그 후 조선 선조 11년(1578년) 태흠대사에 의하여 고쳐지었다고 한다.

비로폭포

등산로를 따라 너덜지대를 지나면 비로폭포를 만날 수 있다.

비로폭포는 웅장하다. 거대한 협곡에서 쏟아지는 비로폭포 물줄기 소
리는 천지를 진동할 만큼 우렁차다. 우기(雨期)에는 천상에서 지상으로
큰 물동이를 이용하여 물을 떨어뜨리듯 낙차가 크다. 40여 미터의 높이
에서 떨어지는 물줄기는 3단 형태를 이루며 세차게 흘러내린다. 1단폭포
는 높이가 10여 미터로 직폭이고, 2단폭포는 와폭으로 높이가 6~7m이

다. 3단폭포는 높이가 20여 미터로 가까이 접근하기가 어렵다.

폭포 아래에 가만히 앉아 주변을 살펴보면, 폭포 좌측으로는 바위풀이며 이끼들이 자생하고 있고, 우측으로는 수십 길 낭떠러지가 보인다. 폭포를 안고 오랜 세월 침묵하며 서 있었을 바위를 보며 넉넉한 그 마음에 감탄하게 된다. 많은 것을 품고 있지만 스스럼없이 내어 놓는 산에게 배려하는 마음을 배운다. 산처럼 물처럼 훌훌 털어 내버려서일까! 몸과 마

◆ 신동대굴에 전해 내려오는 이야기

신동대굴은 양산시 원동면 장선리에서 통도골에서 영축산을 오르는 골짜기에 있다. 즉 시살등에서 서북쪽으로 약 500m 지점이다. 능선에서 다시 북서쪽으로 산중턱 8부 능선, 거대한 암반이 있는데 이 아래 신동대굴이 있다.

신동대굴

이곳에 약 400여 년 전 신동대란 사람이 살았다. 그는 영축산을 오르는 산중턱에 있는 천연 석굴에서 술수공부를 연마하여 끝내 도통하게 되어 그는 신비한 행적을 많이 남기게 되었다. 그 중에도 그는 특히 축지법에 능하여 하루저녁에 한양을 오고 갈 수가 있었는데 그는 자신의 능력을 믿고 오만해져 그 술수를 이용하여 한양의 궁녀들을 강간하기도 하고, 낙동강의 잉어를 잡아먹기도 하며, 나쁜 방법에 사용하기에 이르렀다. 이에 나라에서는 궁녀들의 몸에 명주 끈을 매어 두었다가 신동대를 보게 되면 명주실 타래를 신동대 옷에 꿰어 놓으라고 궁녀들에게 명하였던바 결국 이 명주실이 단서가 되어 나라에서 신동대의 있는 곳을 탐지하게 되어 잡아오라 하자 그는 즉시 중국으로 하루저녁에 도망하여 새벽에 중국의 안동 땅에 도착하였다.

때마침 어느 노파가 마당을 비로 쓸면서 호통을 치며 말하기를 "조선에 있는 신동대는 하루 저녁에 수만리를 왔는데 너희들은 아직도 일어나지 않고

음이 한결 가벼워진 내 자신을 발견하게 된다.

가벼운 마음으로 비로폭포 오른쪽 능선을 따라 20여 분 가다 보면 물맛 좋기로 유명한 은수샘이 나온다. 은수샘 옆으로 난 등산로는 급

비로폭포 위 은수샘

뭣들 하느냐."고 호통을 치고 있었다. 이 말을 들은 신동대는 자기보다 나은 사람이 없는 줄 알고 오만했던 자신을 생각하니 부끄러웠다. 신동대는 깨우치는 바가 있어 가던 길을 멈추고 그 노파에게 자신의 부질없는 짓에 대하여 용서를 구했다. 그러고 나서 노파에게 "어찌하여 저를 알아보셨습니까?" 하고 물었다. 노파는 대답하기를 "한양으로 돌아가시오. 그리고 장날에 만나는 어떠한 사람과도 이야기를 나누지 마시오."라고 말한 뒤, 안채로 홀연히 들어가 버렸다.

그는 고향에 돌아와 그의 도술을 의롭게 써서 임진왜란 때는 왜군을 무찌르기도 하였다. 시간과 세월이 지나다보니 그는 자신을 깨우쳐 준 노파의 예언을 잊어버리고 장터에서 우연히 만난 할머니와 얘기를 나누고 말았다. 그래서 신동대는 그 날 바드리라는 고개에서 넘어오다 죽고 말았다. 바드리고개(달음재)는 양산군 원동면 선리에서 밀양군 단장면 범도리로 넘어가는 고개로 향로산 정상과 백마봉 사이에 있는 안부를 지나는 고갯길이다.

그 뒤 신동대가 살던 동굴에는 어떤 할머니가 들어와서 걸식을 하며 살았다. 어느 날 갑자기 이 동굴 한 모퉁이에서 쌀이 흘러나오기 시작하였는데, 할머니가 먹을 만큼만 흘러나왔다. 이 할머니는 욕심이 생겨 쌀이 흐르는 구멍을 크게 넓혔다. 그랬더니 쌀은 영영 나오지 않고 대신 물이 흐르기 시작했다. 할머니는 예전처럼 고생을 하다가 죽었다고 한다.

이 굴을 신동대라는 사람의 이름을 따 '신동대굴'이라 부르는데, 지금도 바위 천장에서는 물방울이 흐르고 있다.

경사 지역으로 초보 산행자에게는 약간 무리일지는 모르지만 일단 바위봉에 올라서면 그 야말로 멋진 풍경이 펼쳐진다. 가까이는 함박등이 손에 잡힐 듯하고, 멀리는 기암괴석이 솟아 있어 설악산 풍경을 이곳으로 옮겨 놓은 듯하다. 그 옆으로 모습을 드러내는 영축산은 장엄하고, 내려다보이는 통도사 암자들은 아스라하다.

비로암폭포

은수샘 위 전망대에서 산행을 계속 하려면 영축산(1081m) 정상이나 한피고개, 시살등(981m), 신동대굴 방향으로 능선을 타면 된다.

신동대굴은 비로암에서는 상당히 먼 거리에 있다. 비로폭포를 감상한 뒤 함박등(1052m)에서 함박재, 채이등(1030m), 죽바우등(1064m), 시살등(981m)을 지나가야 하기 때문이다. 자동차를 가지고 온 사람이라면 되돌아갈 길이 멀기 때문에, 신동대굴을 보는 것은 다음 기회로 미루었으면 한다.

후일 시간이 허락한다면 배내골에서 산행을 시작하여 장선, 느티나무산장, 통도골을 따라 신동대굴까지 걸어가 보자. 출발지에서 신동대굴까지 1시간 30분 정도 소요되며, 시살등(981m)까지는 2시간이면 도착할 수 있다. 시살등에서 하산길은 여러 군데로 열려 있다. 오룡산 방면으로 산행하다가 도라지고개 길에서 임도를 따라 하산하여도 되고, 한피고개 조금 못 미쳐 신동대굴 바위 위에서 장선방면 능선길로 하산을 하여도 무난할 것 같다. 통도골 들머리에 있는 '달마야 놀자' 촬영지에서 물놀이를 즐겨도 좋을 듯하다.

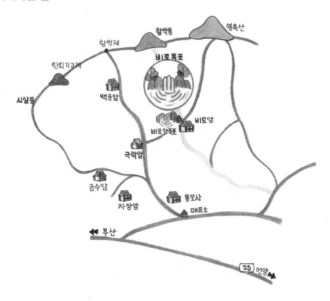

• 울산 – 양산통도사 – 지산마을 버스주차장 – 비로암 – 비로폭포

• 언양 – 부산행 시외버스 타고 양산통도사 하차 – 비로암 – 비로폭포
• 지산마을(30분) – 비로암(30분) – 비로암폭포(20분) – 비로암중앙릉(1시간) – 함박등(30분) – 죽바우등(20분) – 쥐바위(90분) – 통도사로 원점 산행도 할 수 있다.

▲ 주변 먹을거리와 숙박 안내

• 통도사 주변에 숙박업과 식당이 성업 중이다.
• 배내골가든: 052-254-1008~9 | 백숙, 오리불고기, 메기매운탕, 염소불고기 등

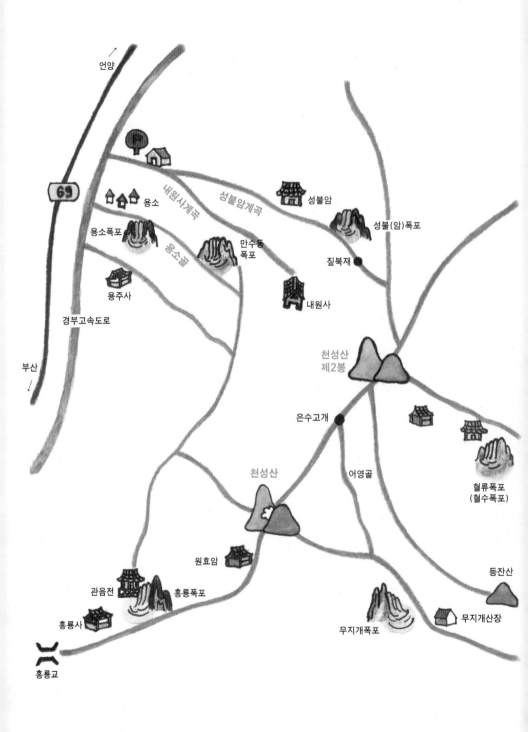

언양

69

내원사계곡

성불암계곡

용소

용소폭포

용수골

만수동
폭포

용주사

경부고속도로

부산

성불암

성불(암)폭포

짚북재

내원사

천성산
제2봉

은수고개

어영골

혈류폭포
(혈수폭포)

천성산

원효암

등잔산

관음전

홍룡폭포

무지개산장

홍룡사

무지개폭포

홍룡교

4부

혈류폭포 血流瀑布

위치: 경상남도 양산시 평산동
크기: 높이 약 100m , 소(沼)의 둘레 약 10m

혈류폭포(血流瀑布)[1]에 가려면 양산 주진마을 입구에서 미타암 가는 셔틀버스를 타면 된다. 절에서 운영하는 셔틀버스는 구불구불한 길을 돌고 돌아 미타암 주차장까지 올라가는데 운전사는 마치 서커스 곡예를 하듯 험한 길을 운전하여 올라간다. 미타암 주차장에서 내려 미타암 방향으로 올라가다보면 법수원 이정표가 나오는데, 그 길을 따라 500m 정도 걸으면 조그마한 나무다리(섭진교)가 나온다. 여기가 바로 혈류폭포가 있는 자리이다. 혈류폭포는 다리 위쪽에서 아래로 이어진다.

혈류폭포는 미타암 뒤편 원적산과 천성산 2봉(은수고개)에서 발원한 물줄기가 가파른 협곡을 따라 흐르면서 만들어진다. 혈류폭포의 특징은 계곡은 짧은 편이나 항상 수량이 풍부하여 흐르는 물의 양이 일정하다는 것이다. 특히 여름철에는 가파른 협곡을 타고 떨어지는 물줄기가 100여 미터나 되어 아름다움을 더해 준다. 가까이에서 폭포를 감상하고 있으면, 천지를 뒤흔드는 듯한 물소리 때문에 또 다른 세상에 온 것 같은 생각이 든다. 이러한 광경에 매료되어 여름철엔 폭포를 감상하러 인근 부산, 울산, 양산 지역의 많은 사람들이 이곳을 찾아오곤 한다. 그러나 이곳은 마

---

1) 혈류폭포는 웅상 주진마을(원적암) 뒤편에 있는데, 산 정상부의 습지에서 흐르는 물이 협곡을 따라 내려오면서 생겨난 폭포이다. 마치 폭포의 형상이 사람의 혈관처럼 생겼다 하여 붙여진 이름이다. 혈류폭포를 혈수폭포라 부르기도 한다.

혈류폭포

을 주민들의 식수원이기 때문에 계곡 출입을 금하고 있다.

혈류폭포 위 계곡을 따라 계속 오르다보면, 원적봉(807m), 하늘릿지, 금수샘2), 걸뱅이잔치바위3), 천성산 2봉으로 올라가는 등산로가 이어진다.

또 다른 방향인 북쪽으로 돌계단을 따라 10여 미터쯤 올라서면 좌측으로 수세전(壽世殿)과 천태각(天台閣)이 서 있다. 여기에서 같은 방향으로 계속해서 올라서면 가파른 너덜지대가 나온다. 이 길은 장백아파트에서 올라오는 등산로와 만나게 된다. 산허리를 가로지르며 20여 분 쯤 가다보면 골짜기(피수골)와 만나게 된다. 상류를 따라 계속해서 오르다보면 밀반늪지대에 도착하게 된다. 이곳에서 등산로는 여러 곳으로 나누어지는데, 천성산 진달래 축제가 이루어지는 장소와 은수고개로 향하는 등산로와

금수샘-불지(佛池)

2) 원적산 금수바위 아래에 있는 샘으로 이 물을 마시면 모든 병에 효험이 있다고 전해진다.
3) 걸뱅이잔치바위는 원적산에서 서북 방향 약 0.7km 부근에 위치해 있다. 걸어서 15분 정도 걸린다. 옛날 인근 양산, 서창 지역을 누비고 다녔던 화적떼들이 이 바위에서 걸뱅이 잔치를 벌였다고 하여 불린 이름으로, 바위는 100여 명이 충분이 올라설 수 있을 정도로 평퍼짐하고 주변의 경관이 뛰어 나다.

도 연결된다. 이곳에서 걸
뱅이잔치바위를 보기 위
해서는 좌측 미타암 가는
방향으로 가야 한다.

원적산 걸뱅이잔치바위

미타암 방향으로 가다
가 다시 원적산 방향으로
걸어가면 좌측 소나무 숲
건너 둥그렇고 허옇게 생
긴 바위를 볼 수 있는데, 이 바위가 걸뱅이잔치바위다. 옛날에 여기서 화
적(火賊)[4]들이 걸뱅이 잔치를 벌였다 하여 붙여진 이름이다.

걸뱅이잔치바위는 그야말로 난공불락(難攻不落) 요새다. 앞으로는 수십
길 낭떠러지와 겹겹이 둘러져있는 산봉우리, 화엄벌이 그림처럼 올려다
보인다.

이곳에서 아래로 내려서면 큰 바위 위로 내려가는 길이 열려 있다. 바
위 밑에는 금수굴이라 불리는 두 개의 굴이 있는데 굴 속에는 불상이 모
셔져 있다. 그러나 가던 방향으로 계속 내려가면 위험하므로 왔던 길을
다시 되돌아가 미타암 방향으로 하산하길 권한다.

금수샘은 울산읍지에 불지(佛池)라 소개되어 있다. 원적산 명소 가운데
하나로 가물어도 물이 차거나 줄어들지 않는다. 황금색 물이 물 표면에
뜰 때 마시면, 습기(암)를 고칠 수 있다고 한다.

---

4) 임진왜란과 병자호란을 겪은 뒤 국토는 황폐화되고, 민생문제와 밀접한 관련이 있는 삼정(三
政)이 극도로 문란해져 살길이 막히자, 농민들은 자연히 유민(流民)과 도둑이 될 수밖에 없었다.
명화적은 횃불을 들고 부호들을 습격하였기 때문에 '화적'이라고도 하였다. 30~40명씩 떼 지어
다녔으며 말을 타거나, 포(砲)를 쏘기도 하였다

▲ 찾아가는 길

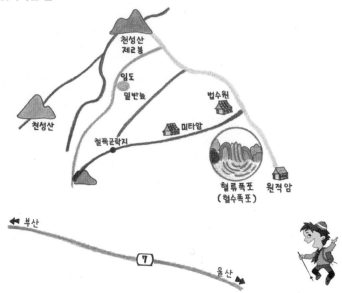

| 승용차 |

• 울산 – 양산 – 소주리 장백아파트 – 원적암 – 혈류폭포

| 시외버스 |

• 울산–부산 7번 국도 – 양산시 웅상읍 주진마을 – 미타암 주차장 – 혈류폭포

▲ 주변 먹을거리와 숙박 안내

• 돌마루 가든(식당): 055-372-6969 | 양산시 웅상읍 소주리1236-6번지 | 청둥오리, 황토판 불고기, 파전, 동동주 등

성불폭포 成佛瀑布

위치: 경상남도 양산시 하북면 용연리(성불암계곡)

크기: 높이 약 100m , 소(沼)의 둘레 약 20m

천성산 2봉에서 발원한 물줄기가 짚북재를 거치면서 성불폭포(成佛瀑布)를 일으키고 성불암 계곡으로 흐른다. 이 물은 다시 산하동 계곡과의 물과 합수하여 용연천을 거쳐 낙동강으로 흘러든다. 내원사 일주문 매표소에서 오른쪽으로 가면 '용연천'이 나오는데 내원사로 가는 길이다. 내원사 매표소 주차장 끝에서 호젓한 숲길과 상리천 계곡을 따라 5분 정도 따라 올라가면 노전암과 성불암 갈림길이 나온다.

천성산 성불암은 대한불교 조계종 제15교구 본사 통도사 말사이다. 한때는 비구니스님 몇 분이 절을 지키고 있었으나 무슨 연유인지 지금은 거주하는 스님이 계시지 않은 것 같다. 법당 앞에는

성불폭포

고무신 한 켤레만 스님을 기다리는 듯 가지런히 놓여 있을 뿐이다.

성불폭포는 직폭이 아닌 누운 폭포이다. 여름 우기에는 그 길이가 100m로 추정되며, 늘 수량이 풍부하다. 영남 알프스 일대에서는 제일 늦게 결빙이 되는 폭포로 사시사철 사람의 발길이 끊이지 않는 곳이다.

성불폭포에서 10분 거리에 짚북재[1]가 있다. 짚북재는 천성산 2봉과 산하동계곡, 천성산 공룡능선, 주남고개로 이어진 길목에 있다.

짚북재에서 같은 방향으로 내려서면 산하계곡을 따라 노전암을 거쳐 원점으로 돌아오는 코스이다. 짚북재에서 오른

성불폭포-겨울

산하동계곡 겨울 빙벽

짚북재

1) 원효대사가 89암자에 흩어져 있는 1천 제자들에게 화엄경론을 펼치고 한 자리에 모이도록 짚으로 만든 북을 쳤다는 곳이다.

쪽은 천성산 2봉으로 올라가는 등산로이고, 왼쪽은 천성산 공룡능선으로 이어지는 등산로이다. 어느 곳을 선택하더라도 원점 산행이 가능하며 여름 산행지로 최적격이다.

▲ 찾아가는 길

| 승용차 |

• 내원사 매표소 – 산하동계곡 갈림길 – 성불암계곡 – 성불폭포

| 시외버스 |

• 언양 – 부산 (10분 간격 운행 – 30분 정도 소요)
• 매표소(08:15) – 노전암 방향 능선들머리:갈림길(08:20) – 성불암 갈림길(08:40) – 성불폭포 (09:30)

▲ 주변 먹을거리와 숙박 안내

• 용연 사거리에서 내원사 매표소에 이르는 2km 구간 도로변에 여관 및 식당과 민박을 겸하는 집이 여러 곳 있다.
• 영성식당민박: 055-374-5800 | 경남 양산시 하북면 용연리 278-1 (하북면 내원로 203)
• 통도환타지아 유스호텔: 055-383-6462
• 통도사관광호텔: 055-382-7117~9

용소폭포 龍沼瀑布

위치: 경상남도 양산시 하북면 용연리(용소마을 뒤편 약 400m 부근)

크기: 높이 약 10m , 소(沼)의 둘레 약 30m

용소마을을 찾아가기 위해서는 언양에서 완행버스를 타고 양산 석계와 내원사 사이의 신전 버스정류장에서 내리면 된다. 고속도로 밑을 통과하여 계곡길을 따라가면 용소마을을 찾을 수 있다. 용소마을 입구 좌측에는 마을 정자가 있는데, 이곳은 여느 정자처럼 마을 어르신들이 즐겨 찾는 곳이다.

필자가 마을 입구에 들어서니 스산한 기운이 감돌았다. 용소폭포(龍沼瀑布)[1]를 찾아가기 위해서인지는 몰라도 마을 옆 계곡에는 많은 뱀들이 우글거리며 살았을 것 같은 느낌이 들었다. 그래서 정자에서 쉬고 있는 마을 어르신들께 여쭈어 보았더니 오래 전 개울 건너 산에는 많은 뱀들이 있었고, 수시로 뱀을 발견할 수 있었다고 한다.

마을 입구에서 바라보면 용소폭포는 숲에 가려져 잘 보이지 않는다. 그래서 자칫하면 이곳을 지나치기가 쉽다. 마을에서 10여 분 정도 가다 보면, 느티나무 몇 그루가 길가에 늘어서 있고, 나무 아래엔 시멘트 벤치가 놓인 곳이 나온다. 여기에서 오른쪽으로 난 작은 길을 따라 내려가면 눈앞에 시커멓게 생긴 소가 나타난다. 용소(龍沼)다. 그곳에서는 용이 금방

1) 용소폭포(龍沼瀑布)는 하북면 용연리 마을 뒤편 용소계곡에 있다. 국도 35호선 도로를 타고 통도사 방향으로 가다가, 용소마을 입구 이정표를 따라 우회전하면 된다. 마을에서 계곡을 따라 400여 미터쯤 가다보면 만날 수 있다.

용소폭포

이라도 솟구쳐 나올 것만 같이 보인다. 순간 온몸이 오싹해진다. 폭포 형
태는 직폭으로 높이가 약 10m, 소의 둘레가 약 30m 정도이다. 소는 둥근
형태로 깊이가 약 2~3m 돼 보인다.

　양산면『하북면지(下北面誌)』에 소개된 전설에 의하면 이곳 용소에서 명주실을 풀어 넣으면 그 끝이 우틀소[2]를 통해 울산의 방어진 앞바다까지 간다고 하며, 절벽 아래 굴속에 용이 살면서 우틀소까지 왕래했다고 전해진다.

용소폭포 사방댐 부근에서 다슬기를 잡고 있는 마을사람들

필자는 이곳 마을 어른신들께 탐문하여 우틀소의 위치는 알게 되었지만, 지금은 그 흔적만 보일 뿐 옛날 모습은 전혀 알 길이 없었다.

이곳에서 계곡 옆 등산로를 따라 600m쯤 올라가면 만수동폭포가 있다.

우틀소가 있었던 자리. 지금은 매립된 상태

2) 우틀소는 용소마을 입구의 소로서 무척 깊어서 '위태로운 소'라는 말이 방언으로 '우트러운 소'로, 다시 우틀소가 되었다고 한다. 지금은 그 위치를 짐작만 할 뿐 매립되고 없는 상태임.

▲ 찾아가는 길

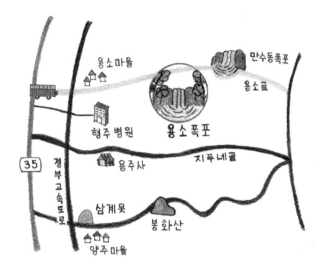

| 승용차 |

• 언양 – 통도사 방면 35번 국도 – 신전 버스정류장 – 고속도로 밑 통과 – 용소마을(마을회관) – 마을
  쉼터 – 용소폭포

| 시외버스 |

• 언양 – 부산(10분 간격 운행 – 30분 정도 소요)

▲ 주변 먹을거리와 숙박 안내

• 숙박 | • 자연관광호텔: 055-381-1010   • 통도사관광호텔: 055-382-7117
• 놀이시설 | • 통도환타지아: 055-370-3000~3008

만수동폭포 晚搜洞瀑布

위치: 경상남도 양산시 하북면 용연리
크기: 높이 약 20m , 소(沼)의 둘레 약 10m

만수동폭포(晚搜洞瀑布)는 하북면 용연리 뒤편 천성산에서 흘러내린 용소 계곡에 있다. 국도 35호선 도로를 타고 통도사 방향으로 가다가, 용소마을[1] 입구 이정표를 따라 우회전하면 된다. 용소마을에서 10여 분 정도 마을 뒤편으로 난 길을 따라 가다가 보면, 느티나무 몇 그루가 길가에 늘어서 있다. 나무 아래 시멘트 벤치가 놓인 곳이 나오는데, 이곳에서 계곡 옆으로 난 등산로를 따라 20~30분(600여 미터) 더 오르면 만수동폭포가 나온다.

만수동(晚搜洞)[2]폭포 주위에는 넓은 청석이 깔려 있고, 이 청석 위에 20 여 개 정도의 둥근 발자국이 있는데, 이것은 용소(龍沼)에 살던 용이 남긴

만수동

용소계곡의 용 발자국

1) 용소마을을 찾아가기 위해서는 언양에서 완행버스를 타고 양산 석계와 내원사 사이의 신전 버스정류장에서 내려 고속도로 밑을 통과하여야 한다.
2) 만수동(晚搜洞)이란 늦게 찾은 골짜기란 뜻이다. 저물 만晚, 찾을 수(搜), 골짜기 동(洞)

만수동폭포

발자국이라 전해진다. 이곳에는 용이 만수동폭포를 따라 승천했다는 이
야기와, 시조창을 부르던 사람들이 목을 틔우기 위해 폭포에서 연습했다
는 이야기가 전해져 내려온다.

만수동폭포를 구경하고 계곡을 따라 20~30여 분 올라가면 내원사로
향하는 분기점에 도착하게 된다. 분기점에서 아래로 내려서면 내원사
로 향하는 길이 나오고, 오른쪽 등산로를 따라가면 원효산 화엄벌과 지

푸네골과 용주사[3])로 내려가는 삼거리길에 도착하게 된다. 임도를 따라 아래로 내려서면 지푸네골 들머리에 도착하는데 이 길은 용주사로 내려가는 길이다.

만수동폭포-겨울

'지푸네골'은 '물이 깊은 골짜기'라는 뜻을 가지고 있다. 경상도에서는 '김치'는 '짐치'라 하고, '길'을 '질'이라 한다. 그와 같이 '물이 깊다'는 '물이 짚다', '물이 지푸다'로 표현한다. '지푸네골'은 이름처럼 깊이를 알 수 없을 정도의 크고 작은 폭포들이 있고, 용소계곡과 쌍벽을 이룰 정도로 그 경관이 뛰어나다. 또 계곡 중간 너덜지대에 있는 수많은 돌탑들과 용주사라

지푸네골에서 낚시를 하고 있는 강태공

지푸네골 돌탑

3) 용주사: 경남 양산시 상북면 석계리 5-13번지에 소재한 사찰.

는 절이 있어 계곡 산행의 기쁨을 더해 준다. 이 코스는 계곡 산행과 능선 산행을 동시에 할 수 있는 재미있는 길로 용주사에서 용소마을까지 내려 오려면 20~30분이 걸린다.

▲ 찾아가는 길

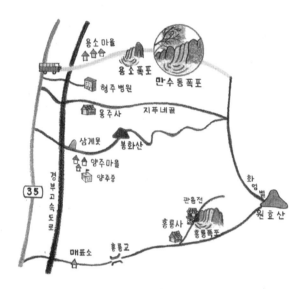

| 승용차 |

• 언양 – 통도사 방면 35번 국도 – 신전 버스정류장 – 고속도로 밑 통과 – 용소마을(마을회관) – 만수 동폭포

| 시외버스 |

• 언양 – 부산(10분 간격 운행 – 30분 정도 소요)

▲ 주변 먹을거리와 숙박 안내

• 숙박 | • 자연관광호텔: 055-381-1010 • 통도사관광호텔: 055-382-7117
• 놀이시설 | • 통도환타지아: 055-370-3000~3008

무지개폭포

위치: 경상남도 양산시 평산동 187번지 일원

크기: 높이 약 20m , 소(沼)의 둘레 30m

무지개폭포는 낙동 정맥이 용천지맥(湧天枝脈)[1]으로 갈라지는 분기봉 (721m)에서 발원한 물줄기가 계곡을 따라 흐르면서 만들어졌다. 이 물은 장흥저수지를 거쳐 회야강으로 흘러든다.

덕계상설시장 정류장에서 마을버스(16번)를 타고 산행 들머리인 어영 골에 내려 산행을 시작한다. 어영골은 무지개폭포 삼거리에서 오른쪽에 있는 계곡이다. 어영골 들머리는 천태만상(千態萬象)의 기암괴석(奇巖怪石)과 반석이 어우러져 있어 여름철 물놀이 장소로 잘 알려진 곳이다. 무지개폭포는 어영골 들머리(무지개산장)에서 30여 분 거리(삼거리 왼쪽으로 0.4km 지점)에 있다. 무지개폭포는 높이 20m 정도의 2단 폭포로 중간에 작은 소를 만든 뒤다시 직각으로 떨어진다. 폭포 가

무지개폭포-겨울

1) 낙동정맥 이 천성산(922.2m)에서 동남방향으로 분기하여 나누어지는 지맥으로 부산-울산 간 7번 국도, 월평고개를 지나 용천산(545m) - 백운산(522m) - 아홉산(361m) - 장산(634m)을 지나 도상거리 41.5km의 산줄기로 해운대에서 바다로 빠져 들면서 그 맥을 다한다.

무지개폭포

까이 다가가보면 폭포는 기암절벽 사이로 물줄기가 휘어져 내려오는 다
소 독특한 형상을 하고 있다. 폭포수는 계곡을 따라 부는 강한 바람에 의
하여 물보라를 일으키며 떨어진다. 마을 사람들은 폭포에서 떨어지는 물
이 햇빛에 반사되어 무지개를 만든다하여 무지개폭포라 불렀는데 오늘
날까지 그렇게 불리고 있다.

무지개폭포가 있는 계곡은 울산광역시 시민의 식수원인 회야강의 발원지로 물이 깨끗하고 계곡이 깊다. 이곳은 청정 지역으로 사람들의 출입을 통제하고 있다. 하지만 예전에는 마을 사람들이 나무를 하고 쉬어가던 곳이었다. 무지개폭포에서 계속 산행을 이어가려면 폭포 오른쪽으로 이어지는 등산로를 따라 가면 되는데 정상까지는 1시간 30여 분 소요되고, 어영골로 가려면 갔던 길을 되돌아 나와야 한다.

천성산 정상 표지석

무지개폭포 위 출입금지 표지판

어영골의 작은 폭포

어영골은 들머리부터 나무들의 천국이다. 느티나무, 굴피나무, 때죽나무, 팽나무, 비목나무, 단풍나무가 주종을 이루고, 군데군데 소나무와 바위들이 어우러져 멋진 풍경을 자아내는 계곡이다.

어영골 계곡을 따르다 천성산(1-13) 이정표를 지나 3분정도 가면 계곡을 건너는 지점이 나온다. 이곳에서 계곡을 건너지 않고 왼쪽 골짜기로 올라가면 정상까지 4.3km라는 팻말이 안내를 한다. 이후 천성산1봉에서 내려오는 지계곡 끝까지 가서 북쪽방향으로 치고 오르면, 천성산 능선에 올라서게 되고 20여 분 뒤 은수고개에 도착하게 된다. 이곳에서 천성산 2봉까지는 40여 분 거리에 있고, 혈류폭포(혈수폭포)까지는 1시간 정도 소요된다.

▲ 찾아가는 길

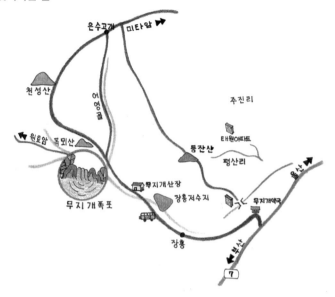

| 승용차 |
• 울산 – 부산 7번 국도 경유 – 장흥저수지 – 무지개산장 – 무지개폭포

| 시외버스 |
• 울산 – 부산 7번 국도 – 양산시 덕계 – 경보1차아파트 – 반석교회 – 장흥저수지 – 무개지산장 – 무지개폭포
• 장흥마을 입구에서 무지개폭포 매표소까지 마을버스(16번) 이용(1일 11회, 5분소요)

▲ 주변 먹을거리와 숙박 안내

• 무지개산장 민박: 0541-367-5477, 6477 | 오리고기 요리(백숙, 불고기), 닭백숙 등
• 용마루 산수가든: 055-3622-0610, 011-832-0912

홍룡폭포 虹龍瀑布

위치: 경상남도 양산시 상북면 대석리
크기: 높이 약 24m , 소(沼)의 둘레 약 50m

천성산(원효산)에서 발원한 물줄기가 계곡을 타고 흐르면서 홍룡폭포를 만든다. 이 물은 하류인 대석저수지에 머물다가 양산천으로 흘러든다. 홍룡폭포는 양산시 상북면 대석리 홍룡사 뒤쪽에 있는 3단 형태의 폭포로 겨울철을 제외하고는 항상 수량(水量)이 풍부하다.

폭포 주변에는 사진에서 보는 것처럼 관음전이 자리하고 있는데, 그 풍경이 사뭇 이국적이어서 눈을 뗄 수가 없다. 폭포 오른쪽에는 석조여래좌상이 미소를 머금고 온화한 모습으로 사람들을 반기고, 그 아래에는 천년 고찰 홍룡사(虹龍寺)가 자리하고 있다. 홍룡사는 관음보살 친견 설화가 전해지고 있는 관음성지[1]로 673년(신라 문무왕 12년) 원효대사가 창건하여 처음에는 낙수사(落水寺)라 불렀다.

홍룡폭포는 물이 떨어지면서 생긴 물보라가 사방으로 날리면서 물보라 사이에 무지개가 보이는데 그 형상이 마치 선녀가 춤추는 것 같고, 홍룡이 승천(昇天)하는 것 같다 하여 무지개 홍(紅), 용 룡(龍)자를 써서 홍룡폭포라 불렀다.

홍룡폭포에는 천룡(天龍)이 폭포 아래 살다가 무지개를 타고 하늘로 올라갔다는 전설이 내려온다. 폭포는 3단으로 비류가 흘러내리는데 상단

1) 관세음보살님의 상주처로 중생들의 기도에 응답하는 곳이다.

홍룡폭포

은 높이가 80척[2], 중단은 46척, 하단은 33척이다. 청명한 날에는 폭포에 서 흐르는 물줄기가 오색 무지개로 변하여, 마치 갖가지 무지개 빛깔 꽃

2) 1척은 30.33cm

홍룡폭포 하단

들이 천상의 화원에 피어난 듯하다.

　홍룡사에서 계속 산행을 이어가려면 대웅전 옆 왼쪽 등산로를 따라가면 된다. 등로를 따라 1시간 정도 오르면 원효산 화엄벌 방향으로 갈 수도 있고, 오른쪽 정자 조금 못 미쳐 비탈길을 따라 30여 분 오르면 원효암 방향으로 산행을 즐길 수도 있다. 홍룡사에서 원효암까지는 1.8km 정도로 40여 분 소요된다.

▲ 찾아가는길

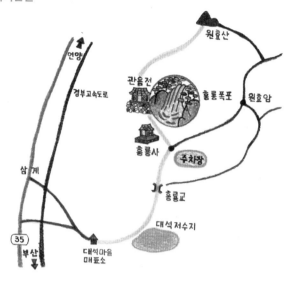

| 승용차 |

• 언양 - 통도사 방면 35번 국도 - 대석마을 - 동양주유소 앞 우회전 - 대성마을 입구 - 홍룡사 주차장

| 시외버스 |

• 언양 - 부산행(10분 간격 운행 - 50분 정도 소요)
  대석마을 입구에서 하차하여 대석저수지를 지나 40여 분 정도 소요된다.

▲ 주변 먹을거리와 숙박 안내

• 숙박 | • 자연관광호텔: 055-381-1010   • 통도사관광호텔: 055-382-7117
• 놀이시설 | • 통도환타지아: 055-370-3000~3008

◆영남 알프스 폭포 길

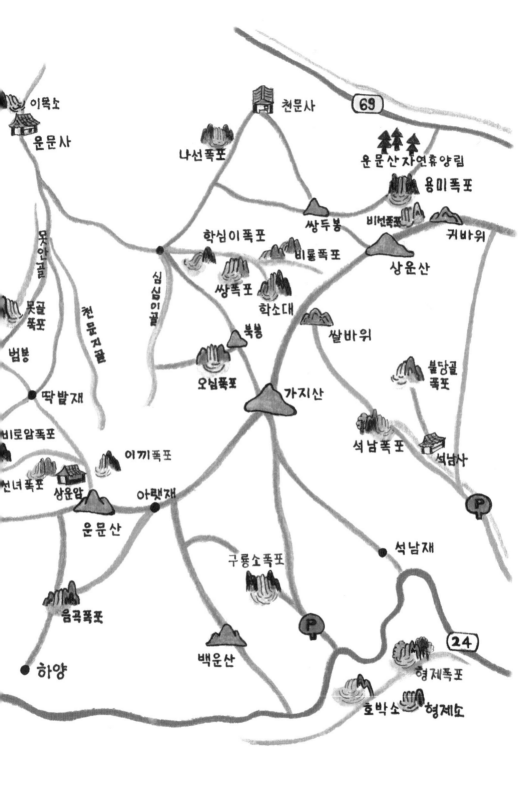